41歳の東大生

小川和人

草思社文庫

まえがき

『41歳の東大生』を手にとっていただき、ありがとうございます。

この物語は、私が四一歳のときに東京大学に合格、入学してから、卒業するまでの四年間を軸に、その前後各二〇年以上にわたる出来事を描いた実話です。

一度大学（明治学院大学）を出ていながら、なぜもう一度大学に入って勉強しようと思ったのか。妻子があり、仕事をしていた私が、多くの人たちに支えられて、どうやって昼間の仕事を続けながら東京大学に通い、四年間で卒業することができたのか。詳しくはぜひ本文をお読みいただきたいと思います。

おそらく、ほとんどの読者の方にとって、今までに一度も聞いたこともない、読んだこともない物語のはずです。

私はどこにでもいるごく普通の人間ですが、卒業後二〇年近く経った今でも、私と同じことをした人を寡聞にして知らないからです（どこかにいるかもしれませんが）。

しかし、人生百年の時代、労働（働き方）改革が叫ばれている今の時代なら、仕事をしながら自分の趣味や教養の向上のために大学で勉強して卒業することは、私がそれをした二〇年ほど前よりもずっと簡単にできるのではないかと思います。

もう一度勉強してみたいと思っている方、それから、これから大学を受験する若いみなさん、その家族の方、現役の大学生の方、自分の夢の実現のために何かやりたいと考えている方。つまりすべての方に、この本を読んでいただけたらさいわいです。

さて、このあと本文を読んでいただくとわかるように、この物語のスタート（東大入学）は、一九九七年（平成九）です。私が生まれたのが一九五六年（昭和三一）だからです。

しかし、物語の本当のスタートは、もっと前なのです。

私はその日のことを忘れることができません。プロローグとして、そのことを少しだけ書きます。

それは、一九九一年（平成三）三月一〇日のことでした。

その年、私は約一年間の勉強ののち、生まれてはじめて東京大学を受験（後期日程入試）しました。大学入試センター試験をはじめて受け、国語、英語、倫理政経の三科目で、五〇〇点満点中四五二点（九〇・四パーセント）を自己採点でとることができたからです。ちなみに、国語一七八点（二〇〇点満点中）、英語一七四点（二〇〇点満点中）、倫理政経一〇〇点（一〇〇点満点中）でした。ところが、二段階選抜（足切り）で落ちてしまったのです。

その日、三月一〇日、私は長男の歩《あゆむ》を連れ、西池袋の自宅を出て、目白駅から山手線で新宿まで行き、中央線で御茶ノ水、さらに聖橋にあるバス停から東大病院行きのバスに乗りました。東京大学に行って、二段階選抜の発表を見ようと思ったのです。とんでもない遠回りでした。

三月一〇日は東大前期日程入試の合格発表の日であり、また後期日程入試の二段階選抜の合格者発表の日でもありました。

私は東大に行くのは生まれてはじめてで、自宅から大学までの最短経路を知らなかったのです。

バスには、受験生らしき人は一人も乗っていません。もっとも、私と息子だって、どう見ても受験生には見えません。

東大病院前でバスを降り、大学構内には入りましたが、今度は合格発表の掲示板のある場所がよくわかりません。

私たち親子はさんざん歩いて、

「疲れたね」

す。

「うん」

ということで、私は歩けなくなった歩を抱っこして、やっと掲示板を見つけたのです。

私の受験番号はありませんでした。

私は、後期日程入試（文科Ⅲ類）の「足切りライン」が約四六〇点（九二パーセント）であることも、そもそも隣区・豊島区の西池袋に住んでいながら、東大が正確には本郷のどこにあるのかもよく知らなかったのです。

でも、私は一人ぼっちではなく、息子と一緒だったので、二人ともすぐ元気を取り戻し、バスと電車をまた乗り継いで帰りました。そのとき私は三五歳、歩は四歳。二男の健《けん》は、まだ生まれて一か月でした。

それから、ずいぶん勉強をしました。

そして六年後、この物語がはじまります。

41歳の東大生 ◉ 目次

第2章　駒場　80

第3章　白金台　164

第4章　本郷　195

終章 六二歳 256

第1章　入学

ところで、えーと、合格した人は……？──合格発表

私は目がいい。

右目の視力は一・〇か一・二くらいだが、左目は子どものころからずっと二・〇である。二・〇以上は測ったことがないから、もしかしたらもっといいかもしれない。とにかくよく見える。遠くの豆粒のような文字を読み当てて驚かれたことが何度もある。右目も二・〇だったのに、二〇歳くらいで急に悪くなった。原因は不明である。

だが、悪くなったといっても、一・〇である。

今日も、まだかなり離れたところから、掲示板の文字が読めてしまった。文字のほうから私の目に飛び込んできた。

ああ、受かったな、と思った。

だが、去年の例がある。

去年、やはり遠くから、「小川」という文字が私の目に飛びこんできたのだ。しかし違和感があった。近くに寄ってもう一度見ると、下の名前が違った。男の名前ではなく、女の子の名前だった。「小川」で受かっていたのは彼女一人だけだった。

いま私の隣りにいる二人の息子たちは、ともに視力は普通である。まだ前方の文字列は目に入っていないはずだった。

私たちは人混みをぬって掲示板の前に近づいていった。

掲示板はいくつか並んでいて、その前にだけ人だかりがしている。

私たちが立ったのは、「文科Ⅲ類」と書かれた掲示板の前である。

間違いなかった。

上から一四番目に、私たちの目ざす名前があった。

隣りを見ると、長男の歩は黙って掲示板を見上げている。二男の健は無表情だった。

私は二人に、掲示板の上から一四番目の名前を指さした。

「ほら、あの名前」

歩はうなずいたが、健は無表情のままだった。

無理もない。

書かれていたのは、二人の名前ではなかった。

歩はまだ小学校四年生、健は幼稚園児で四月から小学校に入学予定だった。健が無表情だったのは、きっと漢字がまだよく読めなかったのだ。

そこにあったのは、私の名前だった。

一〇歳と六歳の二人の男の子の父親で、六年前から受験を続けていた、私の受験番号と名前であった。


一九九七年（平成九）、三月二三日。

私は四一歳で、東京大学教養学部文科Ⅲ類には四度の不合格のあと、五度目の挑戦だった。

この日は日曜日だったので、テレビを見ていた二人の息子たちを連れ、本郷散策がてら合格発表を見にきたのである。

私たちの家は西池袋である。池袋から営団地下鉄丸ノ内線に乗れば、本郷三丁目駅はすぐだった。

入試事務室で合格通知と入学手続書類のぎっしり詰まった紙袋を受けとると、私たちは大学構内に入ってきたときと同じように、赤門から外に出ようとした。

そのとき、若い男に呼びとめられた。

私たち三人は、どう見ても休日の本郷を散策にきた、ただの親子連れである。受験生とその家族には見えない。

「合格おめでとうございます！」

若い男は、私のもっている紙袋を見ていた。合格者だけが、受験票と引き換えに受けとることができる紙袋である。

赤門を入ったところに長いテーブルが置かれていて、若い男が二人いた。声の主は、向かって右側の男だった。テーブルの上には、「東京大学新聞」と書かれた新聞が山のように積まれている。

東京大学新聞の学生記者のようだった。

彼は、誰かを探すようにあたりを見回した。そして、二人の息子と私を見た。

「ところで、えーと、合格した人は……どちらですか」

私は思わず笑ってしまった。

君の目の前にいるよ。そう言おうと思ったが、言えばテーブルの前の席に座らされて取材されそうな気がした。

合格発表は一二時半からであったが、私たちはテレビでNHKの『中学生日記』を見てからきたので、もう三時近くになっている。私たちには次に行くところがあった。

私はたしか翌年から千葉大学で採用される予定ですでに話題になっていた飛び級入学のことを思い出して、二男のほうを指さした。

「じつは、この子が飛び級で合格したので、よろしく」

記者は一瞬絶句した。当たり前である。

しかし、彼は優秀な社会人となる素質をもっていた。頭の回転が速かった。笑いだして、私の冗談に付き合ってくれたのである。

「あららーっ。君、すごいね。ずいぶん飛んだなー。四月から大学で待ってるよ」と言うと、二男の頭を撫でてくれたのである。ずっとにこにこしていた。

二男は記者の手から逃れようと、頭を振っていた。

彼の取材を受ければ、私の記事が東京大学新聞に載るかもしれないとは思ったが、私たちはそのまま赤門を出た。もしかしたら合格者の名前が出ているかもしれないと思い、一部だけ東京大学新聞を買った。

次に向かうのは、東京ドームと決めていた。

本郷キャンパスから東京ドームへ――二人の息子

東京ドームは、昔の後楽園球場である。

丸ノ内線で本郷三丁目から池袋へ向かう、最初の駅が後楽園である。

プロ野球開幕前で、ドーム球場は閉まっていたが、スーベニアショップは開いていて、私たちはプロ野球グッズの並んでいる店内に入った。

私は昔から野球が好きである。野球という言葉を聞いただけで胸が高鳴るほどである。子どものころは父とよく後楽園球場、神宮球場で野球を観た。弟と三人で、下町の荒川区南千住にあった東京スタジアムにも行った。

少年野球のピッチャーで、区の大会の決勝戦で負け、都大会の代表には選ばれなかった。東京の東のはずれ、江戸川区である。

決勝では五対八、ずいぶん打たれた。八点すべて私が打たれて負けたのである。

その年、右肩を痛め、少年野球だけで野球をやめてしまった。中学校でも最初は野球部に入ったが、肩が痛くて続かなかった。私は右利きだが、今でも右手を肩より高く上げると、右肩が「コキッ」と音を立てて、痛い。

長男の歩も野球が好きで、この前年、地元・池袋の少年野球チーム「若草」に入っていた。

息子たちは店の中の陳列棚のあいだを歩き、思い思いに野球グッズを手にとって眺めていた。売っているのは、ほとんどがプロ野球の関連グッズである。球団ごとにブースが分かれていて、さまざまな商品が並んでいる。

しかし、私が一緒に見てまわり、品定めしていると、結局買ったのは、歩が日本ハムファイターズの選手の背番号入りのリストバンド、健のほうは千葉ロッテマリーンズのボールペン一本だけであった。両方とも、二人の贔屓《ひいき》チームのグッズであるが、安い品物である。

「これだけ？ ほかに欲しいものはないのか」

「別に」

「いいよ」

息子たちは、父親のフトコロ事情をよく知っているのだ。

私は合格発表のときには少しも出なかった涙が、少しだけ出そうになった。

グッズを思い思いに見てまわっている二人の姿を見ながら、私はこれからの四年間、今までのように彼らと遊んでやれるだろうかと考えていた。

前日（二二日）、親子四人で埼玉県の国営武蔵丘陵森林公園に行き、サイクリングをし、よく遊び、よく笑った。いい思い出を一つ増やすことができ、よかったかもしれない。

じつは、あとで歩に聞いたところによると、私が散歩に行こうと言って二人を連れ出したとき、私がいつになく厳しい表情だったので、

「どこかに捨てられに行くのだろうか」

と一瞬思ったそうである。

子どもの直感は鋭い。

このあとの四年間、私は息子たちをほとんどどこにも連れていってやらず、妻に父親業まで任せてしまった。

そして四年後には、今度は息子たちが成長してしまい、私とはすっかり距離を置くようになってしまったのである。

もう一つ、私は明日からの郵便局の仕事のスケジュールをどうやりくりしようかと考えていた。

すでに三月二三日である。後期日程入試の合格発表は遅い。

東大入試の日程は、三月一〇日が前期の合格発表、一三日が後期試験、二三日が後期の合格発表と毎年決まっていた。

四月一一日の入学式まで、あと二〇日足らずしかなかった。それまでにやることがたくさんありそうである。

私は合格のうれしさを感じる余裕はほとんどなかった。

会計をすませ、表に出ると、あたりは薄暗くなりはじめていた。

私たちが本郷三丁目から乗ってきた丸ノ内線の後楽園駅とは反対の方向に、ＪＲの水道橋駅がある。

私は二〇歳のころ、水道橋駅近くの田辺ボクシングジムというところに、短い期間だったが通って練習していたことがある。

二一年前、最初の大学、明治学院大学の学生だったときのことである。

あのジムはどうなったのだろう？　まだあるのだろうか。

東京ドームへはよくくるが、水道橋駅を利用することがなくなったため、まったくわからない。

私は懐かしくなって、少しのあいだ、そちらの方向を眺めていた。やがて、振り向くと、息子たちと後楽園駅に向かって歩きだした。

当時住んでいた西池袋の家は、家といっても、郵政宿舎である。民間企業でいえば社宅だ。後楽園からなら丸ノ内線でわずか三駅、池袋に着けばあとは徒歩一〇分足らずである。

家に帰ると、待ちかまえていた妻が息子たちに尋ねた。

「何を買ってもらったの？」

「リストバンド」

「ボールペン」

「ええーっ。それだけ？　ケチなおやじだなあ」

私はあわてて言った。

「二人とも、それだけでいいって言ったんだ」

それは本当である。

だが、妻へのおみやげを忘れてしまった。手もとには、東京大学新聞しかない。

妻は私が本郷から手にぶら下げてもってきた大きい紙袋を見た。合格通知と、入学手続書類が中にぎっしり詰まった、東京大学の紙袋である。

少しだけ目を見開いたようであった。

「ふーん」

という顔になって、

「おめでとう」

それだけ言うと、あとは何も言わなかった。

それで通じた。

その夜、私たちは妻のつくってくれた夕食を、いつものように食べ、いつものように話をし、いつものようにテレビを見て、いつものように私と子どもたちは一緒に風呂に入り、いつものように本を読み、いつものように男三人で寝た。

何も変わったことのない日曜日であった。

だが、こうして私は、四一歳の大学生となる片道切符を手に入れた。

TBSから職場に電話がかかってきた――テレビ取材

私は郵便局員である。

民営化されるまで、郵便局員は国家公務員であった。週五日、一日八時間は仕事である。

三月二三日に合格が発表されると、二七日までに所定の手続きをして、健康診断も受けないと、入学できない。四日間しかないのである。二四日（月曜日）から二七日（木曜日）のうち、どこかで一日休まないとならない。

そこで私は職場に、年次有給休暇の取得を申し出た。

郵便局の年休には、あらかじめ年度はじめに申し出ておく計画年休（最大二〇日間）と、そのほかに自由に取得できる自由年休が年間二〇日間ある。

今年度、私は一日も自由年休をとっていないので、ここで休んでもあと一九日残る。残った分は、次年度にもち越すことができる。

年休をたくさん残していたのが、大いに役に立つことになった。

一九九七年四月からの一年間で、残った一九日が計画年休となり、新たに二〇日間の自由年休をとることができるのだ。合計三九日間である。

私の仕事は郵便の配達である。

郵便には通常郵便物と速達郵便があり、さらに、ゆうパック（小包）配達の応援もしなければならない。速達とゆうパックの配達は、年中無休である。

国立大学の授業が休みの土曜日、日曜日、祝日はすべて仕事をして、週休、非番のほかに祝日の代休もとれれば、年間相当な休みを平日にまわすことができる。

そうすれば、なんとか大学に通って単位をとることも可能である。

私はそう考えていた。

家族サービスの時間がほとんどなくなり、妻と息子たちにはかわいそうだが、うちの家族ならきっと許してくれるだろう。

そんなとき、三月末になって、ＴＢＳのＩさんという女性記者から電話があった。

私が勤務する江戸川郵便局集配課に電話が入ったのである。

取り次いだのは、集配課計画係の総務主任であった。ヒラ主任の私より役職は上だが年下である。

「小川さん。ＴＢＳテレビから電話が入ってますが」

私はちょうど配達に出ようとしたところで、運がよかった。

「わかった。すぐ行くよ」

どちらが上司かわからない。

総務主任は電話機の保留ボタンを押していた。

「女性の方です。ＴＢＳって、知り合いですか。大丈夫ですか」

何かを疑っているような口振りである。

「たぶん」

私は電話に出て、話を聞いた。

Iさんは、急いで取材をしたいと言う。取材を受ける場所と日時を決めて、電話を切った。

じつは、私はTBSテレビから取材の申し込みがくる予定であることを、明治学院大学社会学部の同期生で、ボクシング同好会（現在はボクシング部になっている）でも一緒だった親友の川中紀行（コピーライター）から聞いて、知っていたのである。合格発表のあと、私は彼に東大合格を知らせていた。彼が報道各社あてに、以下のようにニュース・リリースを送ってくれていたのである。

《二児の父親のポストマンが東大生に！

三月二三日（日）に合格発表された東大後期試験で、四一歳、二児のパパであり郵便配達を職業としている小川和人氏（東京都豊島区西池袋／江戸川郵便局勤務）が文科Ⅲ類に見事合格した。

氏は、明治学院大学社会学部卒の四一歳、郵便配達としての勤務を続けながら、大学入試に六年前からチャレンジし続け、この度の快挙に結びついた。これまでも千葉大文学部、横浜市立大文理学部（平成四年）、埼玉大理学部（平成五年）、東京外国語大東南アジア語学科（平成六年）、東京都立大法学部（平成七年）と家庭をもちながら各一流大に合格の実績を残している（証明書あり）。

氏の受験勉強時間は、一日たった約二時間（通勤時間往復一時間＋早朝三時三〇分からの約一時間）。帰宅すれば子どもをお風呂に入れ、休日は家族サービスに努めるごく普通のパパである。

目標を哲学書の著作に置き、あらゆる学問をその基礎と位置づける氏は、まさに驚異の集中力により、この東大合格を実現した。》

Iさんという記者は、帰国子女だという若い女性であった。

私たちは、京王井の頭線の駒場東大前駅の駅前にある東大教養学部の正門前で会った。

私はあらかじめ電話で、春物の薄手のジャンパーにジーパン、黒い大きなカバンをもっていると、目印となる服装ともちものを伝えておいた。いつもの通勤スタイルのままである。

約束の時間より少し早く駅に着き、大学正門に続く階段を下りていくと、正門の前に立っていた若い女性が近づいてきた。

女性は私を見て一度通りすぎそうになったが、また戻ってきた。

「小川さんですか」

「そうです。Iさんですね」

「あらー」

彼女は「あらー」の意味は言わずに、自己紹介の挨拶をした。

私も挨拶して、線路沿いの喫茶店に入った。

年配の女性店主と、カウンターに顔なじみらしいやはり年配の女性が一人いて、話をしている。落ち着いた雰囲気の喫茶店である。ゆっくり話をするにはもってこいの場所であった。

店に入り向き合って腰を下ろすと、Iさんはまた、

「あらー」

と言った。

そして、

「ちょっと、びっくりしました。小川さんって、四一歳にしては若く見えますね」

「へえ。そうですか」

意外だった。

最初の大学を出た二四歳のころ、当時の職場の上司に、

「顔色が悪く、ふけて見える」

と言われていたのである。その私が、ジーパンスタイルとはいえ、若く見られるよ

うになったのである。

「昔ボクシングをやっていて、今は郵便配達をして毎日外で身体を動かしているので、若く見えるのかな」

「ボクシングをされてたんですか」

「アマチュアで、弱かったんです。でも、ボクシングは今でも好きですよ」

彼女は私に名刺をくれた。

たしかに、「TBS記者」と印刷されている。

私は郵便配達員である。名刺など自分ではいらないし、もったこともない。邪魔なだけである。だから渡す名刺がない。

話を聞くと、そのころ平日の午後六時からTBSテレビで放送していた『JNNニュースの森』という番組で、四月一一日に五〜一〇分程度、私のことを放送したいと言う。

四月一一日は東大の入学式が日本武道館で行なわれる日である。

東大の創立記念日は四月一二日だが、今年の入学式は一一日に行なわれる。

その入学式での私の姿を、テレビカメラが追うのである。

「ニュースの森はご存じですか」

「もちろん知ってます。休みの日にはいつも見てますよ。あれに私が出るんですか」

「ええ」

「そりゃ、すごい。光栄です」

感じのよい女性で、にこにこ笑っていた。頭のよさがにじみ出ていた。

「番組では、六時一〇分くらいから五分間程度、場合によっては最大一〇分程度の時間を考えています。今年はこんな人が東大に合格しましたということで、小川さんを紹介します。それを通して、これから社会が少子高齢化に向かう中での生涯学習とか、社会人の学びのあり方など、今後の教育問題を考え掘り下げていく契機になるものにしたいと思っています」

今と違って、平成のはじめごろは、社会人が社会人のまま仕事と関係なく大学に入り直すことは、まだ珍しい時代だったのである。仕事に関係ない勉強のために入るのは、今でもあまり聞かない。

それにしても、夕方の忙しい時間のニュース番組の一〇分間は、ばかに長いな、と私は思った。

Iさんと話していると、どうやら真面目な企画のようである。だとすれば、私に異存はなかった。

川中にもそう伝えてある。

『JNNニュースの森』は私も見るくらいだから、視聴率も高そうである。

「お仕事は、郵便の配達ですね？」

「そうです」

「テレビとしては、デスクワークの方よりも、外で肉体労働をされている方のほうが、見ている人にとって東大合格のインパクトが強いと思います」

「ははあ……」

「でも、ただ興味本位なだけのニュースにはしませんよ」

「郵便局がそんなにヒマなら、とっとと民営化しろ、とコメンテーターに言わせるとかね。ニュースの森だから心配はしてませんよ」

彼女は、川中からのニュース・リリースのファクスを私に見せてくれた。

「お友だちの川中さんは、さすがにコピーライターですね。番組のキャッチコピーも、このまま『二児の父親のポストマンが東大生に！』でいくつもりです。一字の無駄もない、素敵なコピーだと思いますね」

親友を誉めてもらって、私はすっかりうれしくなった。でも、よく考えれば、彼はプロのコピーライターなのである。うまくて当然だ。

「彼は優秀だから」

と私は言った。

「で、私は何をすればいいんですか」

「特に何も。郵便局には、TBSから取材の申し込みを入れます。もちろん大学のほうもです。小川さんのふだんのお仕事ぶりを録画させていただきます。局長さんにもインタビューします」

「なるほど」

「あと、ご家族の方たちですが、奥様と男の子二人、ですよね。家族サービスでお子様たちと遊んでいらっしゃるところを、録画して放送します。奥様にもインタビューをさせていただきます」

「はあ」

「お子様とは、いつも何をしてますか」

「キャッチボールとか、近所の遊園地とか。スーパーファミコンとかトランプ遊びとか、普通ですよ」

だんだんイメージが湧いてきた。

妻も二人の息子も、私と一緒にテレビデビューである。

芸能界からスカウトされることだって、絶対にないとは言えない。なんといっても、私から見て、妻は美人だし子どもたちは二人ともかわいいのである。

幸運を呼んだヘーゲル――論文Ⅱ

大学合格についての、具体的な質問がはじまった。

「働きながら東大合格って、すごいですね」

「後期試験ですから。科目が少ないので。大学入試センター試験の成績は、英語、国語、倫理、世界史Aの四科目でOKでした。理科も数学もいらないんです。二次試験は、英語と、小論文二題だけです。でも、二次の英語が難しいので、時間はかかりましたね」

本当は、運がよかったのだ。

私が受験した文科Ⅲ類の後期試験は、二次試験で課されるのは「論文Ⅰ」と「論文Ⅱ」である。

「論文Ⅰ」は英語の長文の要約と、その長文についての小論文である。「論文Ⅱ」は、文学や言語学、歴史学などに関する日本語の文章を読んで、それについての小論文を書くのである。

まず、「論文Ⅰ」の英語が、前年までにくらべてずっと簡単だった。前年ちんぷんかんぷんで手も足も出なかった私が、なんとか理解できたのだから、相当な易化である。しかも、問題文の英語の文字数が、たぶん前年の八〇～八五パーセントくらいしかなかった。脚註も多かった。

この年が「ゆとり教育世代」の新課程入試の初年度だったせいである。二三年も前に高校を卒業した「詰めこみ教育」世代の私にとっては、旧課程も新課程も関係なかったのである。

そして、それ以上に、午後の試験「論文Ⅱ」の問題文を読みはじめたとたん、私は心の底から驚いてしまった。

ヘーゲルだ！

目の前にある、A3サイズ（？）の問題用紙にびっしり書かれていたのは、ゲオルク・ヴィルヘルム・フリードリヒ・ヘーゲルの歴史哲学に関する解説文だった。私は少し前に、ヘーゲルの『歴史哲学講義』（岩波書店の本だったはずである）を読み、もちろん今回の問題文とは筆者は違うと思うが、やはりヘーゲルの歴史哲学についての解説書も読んで、いろいろと考えを巡らせていたばかりだったのである。

「世界精神が行く！」

問題文を読みながら、私の頭の中では、イエナの町を凱旋行軍する馬上のナポレオンを見て、ヘーゲルが興奮して叫んでいた。

「世界精神が馬に乗って通る！」

私は設問を読んだ。

「問題文を読んで、あなたが思うところを述べなさい」

一九世紀はじめのヘーゲルと同じように、二〇世紀最後に生きる私もまた、興奮して心の中で叫んでいた。

「これなら、書ける！」

私が書いたのは、ほとんどヘーゲルの悪口である。だが、出題者は小論文の思想的な内容は見ないはずである。採点の基準は、論理の展開や説得力、それに文科Ⅲ類だから「文才」「文学的素養」などのはずである。

もう一題の言語学に関する問題と合わせて、「論文Ⅱ」の試験時間は一五〇分である。私はヘーゲルについての小論文は、わずか四〇分足らずで書き上げてしまった。あと一題を、じっくり考えることができる。

そして、書き上がった。

去年までの三回の二次試験（最初の年は二段階選抜で門前払いされてしまった）ではほとんど何も書けなかった私が、「論文Ⅰ」も「論文Ⅱ」も、はじめて満足のいくものが書けたのである。

今までの経験から、確信はもてなかったが、もし今年ダメならあと何年かかるだろう、死ぬまでに合格できるだろうか、とゾッとしながら考えていた。

Iさんは熱心に聞いてくれていた。

「ふーん。受験勉強は何年？」

「六年以上は勉強しました。そのあいだに四回落ちましたよ」

「四回落ちたのも、すごい記録ですね」

二男の健が生まれ、もう子どもはつくらない、というときから受験をはじめたのである。でも、子育てはまだまっ最中だ。

「次に、受験の動機について訊いていいですか。なぜ一度大学を卒業して、仕事をしながらもう一度大学に入ろうと思われたのでしょうか。ファクスによると、明治学院大学では社会学を専攻されていたようですが、今度は哲学なんですか」

それを説明するには、時間を二〇年以上逆戻りすることが必要だ。

少し長い話になる。

夜中に机に向かっていた父の背中——受験の動機

働きながら、自分のお金で大学に入って勉強しようとはじめて思ったのは、最初の大学受験に失敗したあと、一八歳のときであった。

私は二年浪人して明治学院大学に入学したが、現役高校生のときに受験したのは、早稲田大学第一文学部だけである。特にどうしても勉強したい分野はなく、小中学生のころから本（特に文学書）だけは濫読していたので、受験に際して「文学部」だけで具体的な専攻を決めなくてよかった早稲田大学を選んだのである。

将来は哲学者か、作家か、競馬評論家になりたかった。映画評論家もよかった。

当時は理科系の勉強は嫌いだったので、国公立大学は受けられない。私立大学のみである。

あのころ（昭和四〇年代後半）は、私立大学を目ざしていた文学青年は、みな早稲田大学を目ざしていたような気がする（違うかもしれないが）。

ワセダの文学部に入り、露文（ロシア文学）を学び、中退して、作家になる。あるいは、出家して僧侶になる。そんな、どこかで聞いたような道に憧れていたのである。

実力は出しきったが、不合格であった。

高校が進学校だったこともあり、一年浪人して翌年を目ざすのが普通、というまわりの雰囲気であった。

当時は、一年浪人して「一浪《ひとなみ》」という言葉もあったのである。

しかし私は別のことを考えていた。

知識はその気になればいつでも得ることができる。やりたい勉強も特に決まっていない。だから、大学に入る前に一度社会に出て働き、その中で自分の知りたいこと、本当にやりたい勉強を見つけてから、自分のお金で大学に入る。自分のお金なら勉強のありがたみもよくわかる。勉強をはじめるのに、何歳でも遅すぎることなどあるわけがない。そう決心して、両親に告げたのである。

だが、親心から大学進学をすすめる両親に議論で勝てるわけもなく、家を出て一人で生活する勇気もなく、私は浪人生活に入ったのであった。

「働きながら大学に行くなんて、日本の会社では絶対ムリだよ」

というのが両親の意見であった。

このときの思いが、今回の受験の原点である。

だが、親になってみてわかったが、私が親でも両親と同じことを言ったはずである。

浪人生活をはじめてすぐ、私は腎臓を悪くしてしまった。医者に行ったその日に大きい病院に移され、そのまま四か月半入院、その後も一年以上は自宅療養で、最初は散歩以外の外出も禁じられた。浪人一年目は受験をすることもなく、自動的に二年目の浪人生活に入ったのである。

二年目に、私は勉強したい学問が決まった。

「社会学」である。

じつは私は小学生のとき、著者は忘れたが『哲学入門』という本を読んでから、漠然と「哲学」に関心をもち、特にアルベール・カミュというフランスの作家こそ最高の「哲学者」であると考えていた。『異邦人』『ペスト』の作家である。

カミュは一般には「文学者」であり「哲学者」ではないとされているが、私は彼の生き方・考え方にこそ最高の思想・哲学があると思っていたのである。これは今でも変わらない。

だが、カミュは実存主義哲学者のサルトルとの「カミュ・サルトル論争」で叩きつぶされ、サルトルもフランス「現代思想」の構造主義哲学者レヴィ＝ストロースに粉砕された。

「哲学」は、構造主義の拠って立つ「言語学」の一分野に矮小化されてしまったのである。

私はそう理解した。

私はとても納得できなかったが、反論できるだけの知識もなく、矮小化された「哲学」に対する興味を失った。

そこで、たんなる思弁ではなく具体的な社会現象（事象）を研究対象とする社会科学系学問に興味が移り、その中でもあらゆる社会科学系学問の基礎であると思われた社会学の勉強をしたいと思うようになった。

以上はもちろん、あとづけの理由である。

しかし、高校生のころから哲学に対する関心を失うにつれ、漠然としながらも社会学に興味の対象が移っていったのは事実である。

二年目の浪人中には、こうしてはっきりと社会学部を目ざすようになったのである。明治学院という大学に特に魅力を感じたのは、女子の比率が高いという理由もあったのだが、それは別にしても、社会学部のある明治学院にどうしても入りたいと強く思うようになっていた。

受験勉強を再開する許可も出て、私は明治学院大学と、二年前のリベンジのため早稲田大学第一文学部を受験した。

早稲田は再び不合格であったが、明治学院には運よく合格することができ、一九七六年（昭和五二）四月に入学したのである。

しかし、せっかく入ったのに、明治学院での四年間は勉強が思うようにできず、中途半端で終わってしまい、後悔の多い四年間であった。それが今回の受験の理由の一つである。最初の一年半は、身体を鍛え直そうとはじめたボクシングに熱中して、勉強をまったくしない不良学生になってしまったのである。

そのボクシングも、再び身体を壊し、一年半で練習をやめてしまった。後半の二年半は、ボクシングも選手に復帰したりまたやめたりと中途半端、勉強も単位を揃えるのに汲々としてやはり中途半端な状態で終わってしまったのである。

だが、明治学院でやり残したことがある、と思いながらも、なんとか四年で大学を卒業、就職し、結婚し、子どももできた。一九九一年（平成三）には二人目の子どもも生まれた。

もう子どもをつくることも卒業と思い、その年から、かつての持論に従い、大学再入学のための受験をはじめたのである。

それから六年かかった。

大学を国公立大学に絞ったのは、家族の生活が私の収入にかかっており、できるだけ大学にお金を使いたくなかったからである。

場所も、近いにこしたことはない。東大を目ざしたのは、第一に、もっとも家から近い大学だったからである。立教大学と学習院大学はもっと近いが、私立である。第二に、東大ならあらゆる学問が学べそうなので、いわゆる「哲学」以外の哲学の勉強（インド哲学、西洋古典学など）もしたいと考えている私でも、入ってからいろいろ選択できそうだからである。それに、東大なら、目ざす相手に不足はない。不足なのは私のほうである。

なぜ「哲学」なのかということについては、私は「哲学」がしたいからである。

私は「現代哲学」や「現代思想」にはまったく興味がない。

社会学については、明治学院での四年間で、中途半端ではあるが大学で学ぶべき基礎は一応学べた。実際、四年間のうち後半の二年間に限れば、社会思想史や社会学史など、また英語の基礎的文献の研究など、熱中して勉強できることも多かった。あとは一人でもできる（ような気がする）。私が今、知りたい、学びたいと思っているのは、私は今何をしたらよいのか、これから何をして、どう生きればよいのか、それだけである。

それを私は、「哲学」と考えている。

私は若いころは好きなことばかりやって、多くの人に迷惑をかけてきた。後悔してもはじまらないのに、後悔の思いばかりである。そんな私が、これから何を考え、どう生きていけばよいのか、それを知りたいのである。知りたいのは、それだけである。

私は口下手である。一気にまとまって話すことはできない。

以上のようなことを、その要点だけを訥々《とつとつ》とIさんに話したのである。

そして、じつはもう一つ、働きながら勉強することには、もっと個人的な理由もある。

あまりにも個人的なことなので、Iさんには言わなかったし、言う必要もないと思ったが、こちらのほうが本当の理由と言っていいかもしれない。

私の父は、四歳のときに父親を事故で亡くし、母親と兄と三人で苦労して育った。

小学校しか出ていないのである。

一〇歳のころにはすでに、「飯炊き」「子守り」奉公をしていたそうである。とんでもない時代だったのだ。夜遅く、奉公先から自分の家までまっ暗な中を、一人で走って帰ったそうである。今では想像もできないような小学生生活だったのだ。

戦争で兵隊に行き、外地から復員後、東京に出て働き、働きながら次々と学問を学んでいった。

独学である。

四五歳を過ぎてから、司法書士の資格をとり、ずっと勤めていた製薬会社を定年退職後も、一〇年間、同じ会社に請われて残り、法律事務の仕事を続けた。

さらに、六五歳からシルバー人材センター（高齢者事業団）で襖《ふすま》張り職人となり、約二〇年続けた。八四歳で職人をやめると、今度は江戸川区の俳句教室の講師になったのである。

生徒でなく先生である。

父は、東京に出てきてから、そのころ下町（江東区）にいた有名な俳人・石田波郷《はきょう》に師事し、同人誌の同人でもあった。

たぶん、他人の三倍くらいの人生を生きた。

私は小学生のころ、夜中に父が一人で机に向かっているのを何度も見た。

父の死後、私は机に向かっている父の背中を、何度か夢に見た。

私はその姿を追いかけようとしているだけかもしれない。

昼間働いている人間が昼間の大学に通えるのか——不安

Ｉさんはふんふんとうなずきながら聞いていたが、メモをとり終わると、

「私は教育問題にとても興味があります。ＴＢＳの同僚も、今回の川中さんのファクスを、わざわざ私のところにもってきて教えてくれたんです。小川さんのケースは、興味本位のニュースではなく、これからの教育のあり方を考えるうえで貴重な材料になると思いますよ」


本当に私の話に関心をもってくれたようである。


だいぶ打ち解けてきたので、雑談なども交わした。帰国子女だというのも、このとき聞いた。

「へえ、帰国子女ですか。それなら、今の東大後期試験は有利ですよ」

「そうなんですか。どうして？」

「文科Ⅲ類はさっきも言ったように、センター試験は英語、国語、倫理政経と、あと地理歴史か数学のどれかでＯＫ。私なんか世界史Ａという、近現代史のみの科目を選択しましたよ。二次は難しい外国語（英語、フランス語、ドイツ語などから一つ）と、日本語の論文二題のみです。私が最初に受験した一九九一年（平成三）には、たしか女優の高田万由子さんという人が、スイスだったかな、帰国子女でフランス語で受験

して合格したはずです。それとも前の年だったかな（実際、前年だった）。もっとも私は、その年はセンター四五二点（五〇〇点満点）で、二段階選抜で門前払いされて、彼女には一度も会えませんでしたけど。外国語に堪能なバイリンガル、マルチリンガルの受験生には絶対に有利です」

「へぇ」

「Iさんも、来年受ければ、私の後輩になりますよ」

「あはは。私はもう受けたくありません」

彼女は、取材の終わりごろに、

「テレビの仕事をしていると、取材をしていても、この人カメラにどう映るかなと思いながら、被写体として相手を見ることがあります」

少し間をおいて、続けた。

「小川さんは、とってもテレビ映りがいいと思いますよ」

「あらー」

私は照れてしまった。

だが、私はその一言が、その日一番うれしかったのである。

入学式まで間がないので、二、三日中に電話で撮影日時の打ち合わせをすることにして、その日は別れた。

私は、はやる気持ちを抑えるのに苦労していた。

せっかくのテレビ出演である。この先二度とあるかどうかわからないのだ。ぶざまなテレビデビューで終わるわけにはいかない。

そこで私は、撮影のときのために、どういう画面構成と話の展開にしたらいいかを自分でも提案するつもりで、考えてみた。

私は毎日、郵便の配達をするためにバイクで母校、都立小松川高校の前を走っていく。母校は私の魂のふるさとの一つである。なんとかテレビで紹介できないだろうか。

四月一一日の『JNNニュースの森』で、私は、こんな場面が放映されることを、ひそかに妄想していたのである。


テレビ画面に日本武道館の正面入口が映り、「平成9年度東京大学入学式」と書かれた文字がクローズアップされる。

ナレーション「本日、東京大学の入学式がここ、北の丸公園の日本武道館で行なわれ、新入生約三五〇〇名と保護者約四五〇〇名が出席しました」

毎年、保護者のほうが一〇〇〇人くらい多いのである。

次に、武道館内の壇上で新入生に祝辞を述べる蓮實重彦新総長と、それを聞いている新入生の中に私の姿があり、氏名の字幕。

ナレーション「今年はゆとり教育世代の新課程入試。そこに、四一歳のポストマンが、仕事をしながら東大に合格、入学しました」

武道館前の桜並木が画面に映し出される。その桜が画面いっぱいに広がり、いつの間にか私の母校、小松川高校前の土手下にある桜並木に入れ替わってゆく。満開の桜の下を、一台の赤バイクが走っていく。土手の上から撮影すると、高校の時計台のある校舎と桜並木とバイクとが、見事に同じ画面に収まるのである。

バイクに乗っているのは私である。

バイクは江戸川郵便局を出発し、小松川橋を渡って右方向へ。小松川高校前の土手下の道を通り、まっすぐ平井方向に向かっていく。さらにJR総武線の陸橋の下を通り抜けて平井大橋をくぐり、蔵前橋通りを越えると、そこが私の配達担当地域である。

ナレーション「小川さんは毎日、母校小松川高校の前を通って郵便の配達に向かいます。小松川高校は下町にある都立高校。小川さんが高校生だった二〇年以上前には、毎年複数の東大合格者を輩出した伝統ある進学校です」

私が卒業してからは、もう二三年の歳月が流れている。

バイクから降りて郵便を配達している模様を映したあと、画面が切り替わる。

私の住む郵政宿舎である。

休日の朝、宿舎の中庭で二人の息子たちと私とがキャッチボールをしているところ。以前、中庭に駐車しているワゴン車に思いきりボールをぶつけてしまい、親子でまっ青になったことがある。だが、この日は、投げそこねて駐車中の車にぶつけるようなことは間違ってもしない。しても、カットである。

ナレーション「小川さんは、お休みの日には二人の息子さん、歩くんと健くんと、毎日キャッチボールを欠かさない、ごく普通のお父さんです」

東大入学式の四日前、四月七日。豊島区立池袋第三小学校の入学式。二男の健が入学し、私より一足先に新入生となったのである。やはり校門入口近くにある桜の木が映り、続いて体育館・講堂での入学式で健の姿を見つめる、保護者席の妻と私。

ナレーション「二男の健くんは今年、小学校に入学。親子揃っての新入生誕生となりました」

撮影のため、豊島区教育委員会からも許可を得たのである。

最後に江戸川郵便局長と、私の妻、そして私が、仕事のこと、家族のこと、四月からの大学生活のこと、これからの教育のあるべき姿などについて、インタビューに答えて終わるのである。

――と、放送時間が五分なら、これくらいで精一杯であろう。しかし、もし一〇分間となると、もう少しいけそうである。

そこで私は、エクストラタイム用として、一家四人団欒《だんらん》の様子をビデオにとっておいてもらいたいと考えていた。

大学に入って仕事とともに忙しくなると、子どもたちと遊んだり、家族揃って遠出や旅行などできなくなるかもしれない。家族で一緒にいられる時間は貴重である。

それに、どうせ延長時間がある場合のエピソードだから、使わずにビデオテープの無駄になっても、テレビ局はそんなに困らないはずである。ダビングして私だけがもらえればいいのである。私たちには一生の記念になるだろう。

しかし、結局、私は『JNNニュースの森』には出演しなかった。

原因は、意外にも妻のテレビ出演拒否である。拒否といっても、私の入学に反対なのではない。そうではなくて、入学しても卒業できないのではないかと心配しているのである。

私は入学する以上は卒業するつもりだが、普通に考えたら、昼間働いている人が昼間の大学に行けるはずがないのである。私は、交代制勤務を活用して「行ける」と思っているが、そう思っているのは私だけである。

妻は、入学はしても卒業できない可能性が高い以上、テレビには出ない、あなたは出てもいいが、私と息子二人は出ない、と宣言したのである。

知り合って、結婚してから、私がやろうとしたことに妻が反対したのは、たぶんこれがはじめてであった。

考えてみれば当然の選択である。

テレビに出て、すぐやめてしまったり卒業できなかったりしたら笑い者である。妻は、息子たちを笑い者にされたくなかったのだ。親心である。

説得しても気持ちは変わらなかった。

私だって絶対に卒業できるとは思っていない。ただ、卒業するぞという決意をしているだけである。賭けをしたら、私も卒業できないほうに賭けたかもしれない。

翌日、私は電話でIさんに事情を話し、出演を断わった。

「私一人で出るのではダメでしょうねえ？」

「二児の父のポストマンが合格、ですから、やはり奥様とお子様にも出てもらわないと困ります」

電話を切って、妄想は本当に妄想で終わってしまった。

親友の川中とTBSのIさんには、本当に申し訳ないことをしてしまった。

しかし、私は妻が大事である。

妻が反対なら、それを押しきってまでしなければならないことは何もない。妻は、生活と子育てがこれから大変になることがわかっているのに、私が大学に通うこと自体には賛成してくれているのだ。私が行きたいから、という理由だけで。入学するからには、卒業目ざして、行けるところまで行くだけである。

そして、Iさんとはそれっきりになってしまったので、彼女に伝えようと思っていたことを、結局言わずじまいで終わってしまった。

それは、私の出身高校、小松川高校のことである。

TBSと関係が深い毎日新聞社発行の週刊誌『サンデー毎日』では毎年、東大合格者の氏名と出身校が独自の取材で掲載される。

四月六日号の特集によると、この年の合格者の出身高校別ランキング一位は、やはり開成高校である。一八八名も合格しているようである。二位は東京学芸大附属高校で一一一名、三位が灘高校で九六名、以下、桐蔭学園高校（九四名）、麻布高校（九三名）、桜蔭高校（九二名）と続く。

ところが、小松川高校の東大合格者数は「〇《ゼロ》」なのである。

私はいったい、どこに行ってしまったのか。

「東大合格者高校別全氏名（後期）」のリストには、私の名前が掲載されていた。しかし、私の名前の出身校欄には、予備校や模試に六年間一度も参加しなかったせいであろう、出身校「調査中」と書かれていたのである。

二〇年以上前の記録を調べなければ、私の名前はどこにもなかったのである。

私がIさんに出身校名を教えて、『サンデー毎日』に小松川高校の名前が掲載されていれば、おそらく母校から数年または十数年ぶりの東大合格者ということになっていたはずである。

こうして、唐突にはじまったテレビ出演の話は、唐突に終わってしまった。

私の出身校も、いまだに「調査中」のままである。

通勤時間をどう活用するか――受験勉強

泰山鳴動して鼠一匹であったテレビ出演の騒動のあと、私の職場である郵便局でも、私の東大合格で一騒動起きていた。

私はその日、受験前とまったく同じように朝三時に起き、いつもの出勤前の日課をこなしていた。合格しても、入学して新しい生活がはじまるまでは、やることは一緒である。

目覚まし時計は四時にセットして寝る。しかし、いつも三時にはかならず目が覚める。子どもたちと一緒に九時には寝ているからだ。六時間も寝ている。ナポレオンの二日分である。

ポットに水をいっぱいに入れ、コードをコンセントにつないでお湯を沸かす。カバンに洗濯した制服類を詰め、忘れ物がないことを確認して着替える。

出勤はラフなふだん着である。

着替えが終わったころにはお湯が沸き、インスタントコーヒーを入れると準備完了である。

隣りの和室では、妻と子どもたちが寝ている。

三時半なので、大きな音は出せない。小さな音だって危険だ。

私は茶の間のコタツに、手垢で汚れた英単語の参考書をひろげ、昨日の続きのページから、例文を声に出して読みはじめる。囁《ささや》くような声である。だが、声に出すと耳からも覚えられるので、かならず声に出して読む。

正月の元日以外、六年以上続けている毎日の日課である。

元日は、終夜運転の電車に乗って早朝出勤をしなければならないため、やりたくてもできないのである。元日は郵便配達員が一年で一番忙しい日なのだ。出勤前に勉強をするなら一時か二時起きだが、それではバイクの運転に支障が出る。

私は毎年、初日の出は江戸川郵便局の五階食堂の窓から、六〇円の紙コップコーヒーを飲みながら、家族と自分の健康を祈って拝んでいた。

英語の例文を区切りのいいところまで読み、単語の意味を頭に入れ、今日はもう少し時間がありそうという日は、語学春秋社の『山口英文法講義の実況中継』（はじめは『英文法講義の実況中継』という書名だった）という参考書を少しだけ読んで、朝食にする。

『山口英文法講義の実況中継』は、私の受験英語のバイブルである。七年近くのあいだに、二〇回以上はくり返し読んだはずである。この本と、やはり語学春秋社の『多久漢文講義の実況中継』のおかげで、私は英文法と漢文については、センター試験でわからない問題があると、

「私ではなく出題者が悪い。問題がおかしいのだ。バカもの」

と思うようになっていた。

朝食はトーストと、サラダ、スープである。

妻は結婚当初は毎朝早く起きて朝食の準備をしていたが、子どもが生まれてからは一日中忙しく、さすがに朝は私ほど早くは起きない。その代わり、朝食用のサラダとスープは、前の晩にかならずつくっておいてくれるのである。

私は食パンをトーストして食べるだけである。

朝食をとりながら、届いたばかりの新聞に目を通し、ボリュームを小さくしてテレビをつけ、ビデオ録画してある映画を二〇分くらい観る。二時間の映画なら、観終わるのに六日間かかるが、時間の有効利用のためにはしかたないであろう。

東大の二次試験の朝、私が観た映画は、黒澤明監督の『どん底』であった。映画の選択を誤っていた。私は本当にどん底の気分になり、試験に行くのをやめようかと思

ったほどであった。

六時になると、出勤の時刻である。

私の家は西池袋だが、西武池袋線の線路を挟んで目白三丁目と隣接していて、最寄り駅はJR目白駅である。駅までは徒歩七～八分、走れば五分以下、通勤には恵まれていた。朝も夕方もラッシュと逆方向の電車に乗るので、自由に本が読めるのである。受験勉強を何年も続けられた最大の理由は、通勤が楽だったことである。

語学春秋社の『講義の実況中継』シリーズ（国、数、英、理、社。全部ある）を毎日とっかえひっかえ読みながら、山手線で秋葉原まで行き、総武線に乗り換えて新小岩で降りる。電車に乗っているのは、正味三五分くらいである。

「実況中継」シリーズは、いろいろな予備校での講義の模様を紙上再現したものであり、話し言葉であるから読みやすく、どんどん読み進むことができるのである。各教科に何冊か、違った講師のものがあり、私は読みくらべてみて内容がしっかり頭に入ってくるものだけをくり返し読んだ。ただ、「倫理」と「政経」だけはこのシリーズでは満足できなかったので、文英堂の『Σ（シグマ）ベスト倫理』と『Σ（シグマ）ベスト政治経済』を、やはりくり返し読んだ。

勉強していたのは、国数英理社、すべての教科、すべての科目である。東大に合格することはもちろん目的だが、（社会人として）幅広い知識を身につけることはもっと大事だからである。だから新聞も毎日かならず読む（朝食をとりながら、だが）。それに、勉強はやればやるほど楽しくなるのだ。「実況中継」シリーズが、どれも面白かったせいもある。そしてそれは、結果的に「論文」試験対策にひじょうに役に立ったのである。

新小岩から江戸川郵便局までは、徒歩二〇分ほどである。私はFEN（米軍の極東放送）専用ラジオを秋葉原で買って、徒歩での行き帰りに毎日イヤホンで聴いていた。

何を言っているのか、聴きとれるのはごく一部である。しかし、一九九四年（平成六）に東京外国語大学に合格できたのは、このラジオのおかげである。

東京外国語大学の二次試験には、私の苦手なリスニングがある。二次試験三〇〇点満点中、リスニングだけで九〇点と配点も高い。スピーカーから流れてくる英語をくり返し二回聴いて、問題に答えるという形式であった。

私は一回目は何を言っているのかまったくわからなかったので、設問（一～一〇）を読んでいた。設問をすべて頭に入れて二回目を聴くと、今度は言っていることがほとんどわかった。FENよりはずっと易しい英語であった。

九〇点のうち八一点くらいはとれたはずである。間違えた一問も「ambulance（救急車)」のスペルを書き違えただけであった(たぶん)。私はボクシングの試合でノックアウトされて、救急車で病院に運ばれたことがあり、そのときお世話になった救急車の英語のスペルくらいは覚えておくべきであった。

ちなみに、東大以外の大学も毎年受けたのは、気持ちを切らさないためには短期目標が必要だったからである。東大は後期の試験のみを受けることにしていたうえ、合格まで何年かかるか想像もつかなかったので、前期日程でも目標の大学を決めて受験していたのだ。

その日も、私はFENをイヤホンで聴きながら、職場に到着すると、制服に着替え、上司である第二集配課長の席へ向かった。

「大学に通うことを認めるのは難しくなった」——郵便局員の立場

江戸川郵便局の郵便配達員は、当時、第一集配課から第三集配課までの三つの課のどれかに所属していた。つまり課長が三人いるのだが、三人の課長にははっきり「序列」がある。第一集配課長が一番「偉く」、第三集配課長がもっとも「偉くない」のである。

私は第二集配課に所属していたので、同じ集配課でも直属課長の上にもう一人課長がいることになる。

直属の課長である第二集配課長は、定年まであと一年という人であった。

合格について課長に話をする前に、私は前日までに、同僚の配達員たちには話をしておいた。大学に通うためには仲間の協力が不可欠であり、そのための根回しである。同僚たちは協力を約束してくれた。

私が自由に休みをとれるよう協力する、と異口同音に言ってくれたのである。

じつは、私は同じ配達班の班員（メンバー）に、奇跡的に恵まれていたのである。大学に通うことができたのは、そのためであった。それは、私の大好きなスポーツ、野球のおかげであった。

班長のMさんは、若いころヤクルトスワローズの入団テストを受けた人である。身長は一七〇センチの私より少し低い。高ければ、プロ野球選手になっていた人である。

Kさんは私より五歳ほど年上で、都内の高校野球の名門校、正則《せいそく》学園の出身だった。正則学園は東東京代表で甲子園に出場している高校である。

Y君は私より一年早く郵便局に入ったが、年齢は私より一〇歳くらい下である。私が郵便局に入ったのが遅かったせいである。佐賀県の佐賀学園というやはり高校野球の名門校で、レギュラー選手だった。地方の大学野球部から声がかかったが断わり、上京して郵便局に入った。

彼らが中心となり、自分の休みたい日と私の休みの日（大学に行く日）が重なった場合、私のほうを優先してくれたのである。しかも、四年間である。

Mさん、Kさん、Y君は三人とも、江戸川郵便局の野球部（スネークス）の選手であった。Mさんは監督兼選手、プレイイング・マネージャーである。穏やかで面倒見がよく、指揮官にふさわしい人だった。

私は肩が痛く、野球部には入らなかったが、一度だけ試合に出たことがある。Kさんが所用で試合に出られず、ほかの選手にも出られない人が何人かいて、選手が八人しかいなかったのである。

トーナメントの公式戦で、試合をしないとそこで終わりである。

私に声がかかった。

私は草野球を含めても一〇年以上ぶりの野球の試合で、Kさんのユニフォームを着て、Kさんの登録名で試合に出た。

味方のベンチから思わず「小川」と呼ばれたときは無視して、「K」と声がかかったときにだけ反応するのが大変であった。

その試合で私は一安打、一打点をあげ、その打点が決勝点となって試合に勝った。

その後二度と試合には出なかったが、そんなこともあって私は班の人たちとすっかり仲よくなることができたのである。

勤務指定表を作成しているB副班長も、これから四年間は白紙の指定表を私に渡すから自由に休みを書きこんでいい、とまで言ってくれた。ただし、あくまでも有給休暇の範囲内で休みをとるように、とのことである。

もちろん私も、はじめからそのつもりである。

若い同僚の中には、

「土曜、日曜、祝日は、誰だって仕事をしたいとは思わない。それを四年間、小川さんが全部出てくれるんだったら、かえってありがたい」

と言う者もいて、私もだいぶ気が楽になった。もつべきものは、よい先輩とよい後輩である。

根回し成功である。

四年間、同じ江戸川郵便局の配達員でいられるかという問題も、私はこの仕事をはじめた当初から、

「私は両親と同居していない。同じ江戸川で二人暮らしの両親の家のそばを離れたくないので、出世を希望しないかわりに、転勤や配置替えは断わる」

と毎年、職員希望調書に書いて提出している。たぶん大丈夫であろう。

実際、定年退職まで、私は江戸川郵便局の同じ配達班の配達員であった。在学中に一度、東大のまん前にある本郷郵便局への転勤を打診されたが、永遠に大学に通うわけではないので、もちろん断わった。

私の話を聞いていた第二集配課長も、聞き終わると喜んでくれた。

「東大って、東京大学のことか。へえー。あとで犬吠埼《いぬぼうさき》のトーダイ（灯台）でしたじゃ、許さんよ。勤務に支障が出るようでは困るが、配達班内でやりくり協力して大丈夫なら、何も問題はないじゃないか。仕事をしながら夜学に通っている職員もいることだし」

と言ってくれたのである。

たしかに、私の知るかぎりでも、同じ集配課に、都立大学だったか千葉大学だったかの夜間課程に通っている者がいる。青山学院大学もどこかにいたはずだ。私も、だから、何も問題はないと考えていたのであった。

ところが、翌日、第二集配課長に呼ばれると、意外なことを告げられたのである。

課長は言いにくそうであった。

「小川君……。じつは課内に強硬な反対意見が出て、大学に通うことを認めるのは難しくなった」

二集課長より発言力のある集配課内の人間は、一人しかいない。

「なぜですか」

「公務員には、職務専念義務がある。これは主に副業を禁じるものだが、副業以外でも職務に専念できないようなことをしてはいけないわけだ」

「はあ」

その規定はもちろん知っている。

「日中フルタイムで働いていて、しかも昼間（一部）の大学に通うことなどできるわけがない。仮にできたとしても、ほかの職員に迷惑をかける。ひいては国民（お客様）に迷惑がかかる。それでは職務に専念しているとは言えない」

大げさなことになってきた。

それに、反対論にはもう一つ理由があった。小泉純一郎の郵政民営化論以来、郵便局には逆風が吹いている。私が大学に通っていることが世間に知れたら、そんなに楽な仕事ならすぐ民営化しろと言われるかもしれないのだ。それは私も考えていた。

しかし、二集課長の話し方から判断して、課長は個人的には私を応援してくれているようだ。

「でも、私は自分の休みだけを使って大学に通うつもりです。もし一日でも欠勤したり、何か懲戒処分を受けるようなことになったら、すぐに大学をやめますよ」

「それでも認められない、みたいだ」

反対論は、案の定、第一集配課長から出たものであった。第一集配課長の意見が、集配課の総意なのである。

のちの、小泉郵政改革によって大幅に労働強化された配達現場では、たしかに仕事と大学の両立は無理だったかもしれない。しかし、そのころはまだ、私の計算では、なんとかいけるはずであった。

私は、たとえ第一集配課長がなんと言おうと入学するつもりだった。数十万円の入学金は、もう払いこんだのだ。だが、内心これは困ったことになったと思った。

江戸川郵便局から私の実家までは、徒歩一〇分足らずの距離である。

私が生まれてはじめてアルバイトをしたのも、高校一年生のとき、家に近いからという理由で、この江戸川郵便局だった。

仕事が定時（四時四五分）で終わることがほとんどだったので、私は毎日のように仕事帰りに実家に寄っていた。

夕方五時すぎに実家に寄り、六時前までいるのである。両親の無事を確認し、少し話をして帰る。

六時前に実家を出ると、西池袋の私の家には七時に着く。

この年は、父が七六歳、母は六九歳であった。

両親は、私が二〇年以上前に、大学には行かない、一度社会に出て働き、自分の稼ぎで大学に行く、と言ったことを覚えていた。

私が六年間、東大を受けつづけていたこと、今年合格して入学するつもりであることを伝えると、両親はあきれて、

「本当に受けてたのか！」

「強情なやつだねえ」

合格したことよりも、受けつづけていたことに驚いているようだった。

私の父は、四五歳でブルーカラーの仕事をしながら、司法書士試験に合格している。

そして、同じ会社だが法律事務の部署に移った。

たしかに、どちらがすごいかといえば、四回落ちた私よりも、たった一年間の受験勉強で司法書士試験に受かった父のほうが、ずっとすごい。

「子どもが二人いて、学費は大丈夫か」

親心である。

私名義の定額貯金が六〇万円あるので、使ってよいと言う。

「自分の稼ぎで行く！」

という二〇年以上前の鼻息はどこへやら、私はありがたくいただいた。

入学金と、半年分の授業料くらいを賄《まかな》うことができる。

妻も少しほっとするだろう。

実際には、渡された定額貯金は、半年複利で利率が六パーセントくらいあり、六〇万円が九〇万円以上に増えていた。

そんな国民の味方、庶民の味方、郵便局を民営化しようとは、小泉純一郎は罪な人である。

翌日、仕事に行くと、また事情が一変していた。

第二集配課長に呼ばれ、入学を辞退したかどうか尋ねられた。

「いえ、辞退していません」

仮に辞退するにしても、昨日の今日では無理である。

二集課長はにこにこしている。

「それはよかった。じつは、局長に直接話したところ、年休の範囲内で通うなら、何も問題ないじゃないか、たいしたものだと言っている。遠慮はいらん。行け」

二集課長は、一集課長を飛び越えて、局長に直談判をしてくれたのである。

彼は、自分も来年定年なので、何か勉強しようかな、と言った。

私はそれには返事のしようがなかった。大学受験は、私の経験からいって、一年では無理である。

翌日、今度は一度も直接話したことのない副局長が、四階の副局長室から二階の集配課まで私を探しにきた。集配をする大きい郵便局には、局長のほかに、副局長までいたのである。

「君が小川君？」

「そうです」

職員が二〇〇人以上いるうえ、局長、副局長は二～三年で入れ替わるため、職員の顔をいちいち覚えていないのである。

私も彼の顔は知っていたが、名前は知らなかった。

「へーえ、たいしたもんだね」

そう言って、私の肩をたたいた。

本当にたいしたものかどうか、まだ私にもわからない。

しかし、これで公私ともに認められて、私は天下晴れて四一歳の大学生となったのである。

蓮實重彦総長、かく語りき――入学式

四月一一日の日本武道館に、私を被写体としたＴＢＳテレビ『ＪＮＮニュースの森』のテレビカメラはなく、私は一〇時二〇分からの入学式に静かに出席した。

だが、私は一人ではなかった。

付き添いが二人もいたのである。

東大の創立記念日は四月一二日だが、この年は土曜日にあたるせいか、入学式は一一日である。

入学式には、新入生本人のほか、新入生一人につき二名までの同伴者が認められる。父母でなくても、誰でもよいのだ。

私の同伴者は、実の父（七六歳）と義理の父（六五歳）であった。入学式なのに、まるで肝心の新入生がこなくて、父親と祖父二人だけが出席しているような感じである。

私は当然一人で行くつもりだった。

しかし、義理の父が、

「東大の入学式などめったに出席できるもんじゃない。ぜひ行きましょう」

と私の父を誘ったのである。

当日は快晴の入学式日和《びより》だった。次から次へと出席者が日本武道館の入口に吸いこまれていく。

新入生と同伴者とは席が分かれており、私たちは入口で別れた。

東大総長はこの年から蓮實重彥である。難解な文章を書くので有名な、フランス文学者、映画評論家である。

一九八〇年代にブレイクしたニューアカデミズムの代表者の一人、浅田彰と同世代の私としては、当然蓮實重彥の名前も知っている。書いたものも一ページくらいは読んだかもしれないが、一ページどころか一行もわからなかった。一つも覚えていない。

私は何が書いてあるかさっぱりわからない文章は嫌いである。

わからないほうが悪いのではなく、普通の日本人にわからないように書くほうが悪いのである。厳然たる階層社会であるフランスなら、同じ階層の者だけに通じるように書けばいいのかもしれないが、日本人がそれを真似しては困る。

私はそう思っていた。だから、私は自分の理解力不足は棚に上げて、浅田彰も蓮實重彦もどちらもわからなかったので、どちらも好きになれなかった。

しかし、結局、私も蓮實総長も東大には仲よく二〇〇一年（平成一三）までいて、揃って「卒業」した。

何かの縁で、出るのも一緒だったのである。

《新入生のみなさん。あなたがたは、あなたがたの一人ひとりに恵まれている若さを一時的にゆだねるアカデミックな環境として、東京大学を選択されました。東京大学もまた、その若さの維持に貢献してくれるだろう新たな人材として、あなたがたを選択いたしました。あなたがたの期待あふれる選択と私たちの慎重なる選択とが、いまここに出会おうとしております。この晴れがましい舞台で祝福されようとしているのは、この出会いが約束してくれる東京大学の未来にほかなりません。》

こんなマクラではじまった総長式辞が、どれほど難解で晦渋《かいじゅう》な挨拶になるのであろうと覚悟して聞きはじめたのだが、内容はたいして難解なものではないようであった。結果より過程が大事、とどこかで聞いたような話のくり返しである。

私は前の日までの仕事の疲れで半分は寝てしまっていたが、東京大学新聞社発行の一九九七年版『フレッシュブック』によると、以下のような話であった。

《東京大学は、正解を答案用紙に書きつけたという結果によってではなく、その過程にどのような思考の運動が生きられているかを綿密にたどりながら、あなたがたを選択しました。それは、この大学ですごされる数年間が、より苛酷な競争の一時期となることをあなたがたに告げる厳しい選択でもあったわけです。(中略)いま、この式典があなたがたに提案しているのは、結果ではなく、過程に対する感性を豊かに組織化しておこうではないかということにつきています。あるいは、過程に対する好奇心をたえず目覚めた状態においておこうではないか、というのがその提案なのだといいかえてもいいでしょう。そして、その提案をすでに受け入れ始めておられるあなたがたを、心から祝福したいと思います。》

なんだ、普通にしゃべれるんじゃないか、という感じであった。

何を言っているのかさっぱりわからないフランス現代思想の流れをくむ、やはり何を言っているのかさっぱりわからないニューアカデミズムの学者たち（＝蓮實重彦たち）を私は嫌いであるが、この程度ならついていけそうである。

それとも、東大新入生の知的レベルを、ふだん自分が書いている文章の読者より低いものと見なしていたのだろうか。

もっとも、それに続く次のような挨拶にはやはり閉口である。めでたい席であるし、意味はなんとかわからないでもないのでよしとしておこう、と思ったのである。

《過程における競争は、何よりもまず権利の問題であり、義務の問題ではありません。それは、他人に先がけて正しい言葉を口にする義務ではなく、見知らぬ何ものかとの出会いを時間をかけて招き寄せようとする権利の主張者によって争われます。そこでは、久しく潜在的なものにとどまっていた資質が、偶然に近い一つのきっかけで不意に顕在化し、思いもかけぬ輪郭におさまることへの好奇心の有無が優劣を決めることになるでしょう。そうした体験がことのほか貴重なものに思えるのは、そこで、誰もがまだ知らずにいる自分自身と出会うことになるからです。》

これでも彼のスピーチの中ではもっとも簡単なほうである。

要するに、先が見えない、よくわからないと思いながらも辛抱強く続けている勉強が、しだいに形になってあらわれ、思わぬ成果を生んだり素質を開花させることがある。だから勉強しよう、ということではないのか。その意見に私は大賛成だが、もしそうなら簡単にそう言ってもらいたいものである。

だが、蓮實重彦総長の真意は、もちろん私にはよくわからなかった。

東大生はバカになったか——立花隆氏への反論

私は入学式のあいだ、新入生の中では、テレビカメラがないにもかかわらず、やはり年齢的にかなり目立っていたらしい。

のちに授業がはじまってから、何人かの新入生に、

「入学式で、すぐそばに座っていました」

と言われたものである。

K君という学生だったと思うが、何かの授業で一緒になったとき、入学式で私の隣りに座っていたと言う。

やはり文科Ⅲ類の後期日程組だというので、私と同じである。親近感が湧いて話をしていると、

「総長式辞のあいだ、小川さんはずっと寝てましたね」

「いやあ」

寝たフリをして半分は聞いていた、というようなことを答えたが、もちろん嘘であった。

蓮實総長と私とが揃って卒業した四年後。この年にかぎり、卒業式は安田講堂ではなく、有楽町の東京国際フォーラムで行なわれた。

文学部の卒業生代表として登壇したのが、私の記憶が正しければ、この彼、K君であった。

蓮實重彦の東大総長としての最後の仕事は、K君に賞状を手渡すことだったのである。

日本を代表する論客の一人、立花隆氏の著書に『東大生はバカになったか』（文藝春秋、二〇〇一年）というのがある。彼の答えは、イエスである。

立花氏は、東大先端科学技術研究センター客員教授であった。東大生がバカになったという彼の主張の主たるターゲットの一つは、ゆとり教育世代で、しかも理数系科目を勉強しなくても受験できる文科系の後期入試合格組である。

その新課程の初年度が、一九九七年（平成九）であった。

つまり、ゆとり教育世代どころか、「詰めこみ教育世代」どまん中の人間約一名（私）を含む、この年、文科系の後期試験で合格した東大生全員がターゲットなのである。

およそ二〇〇人、入学式に出席している全新入生の約五～六パーセントといったところだろうか。

私がバカだと批判されるのは、そのとおりなのでいっこうにかまわないし、社会学的には立花氏は正しいと私は思う。

だが、なかにはK君のように高い評価を得る人間もいるのであり、人それぞれである。

（立花氏は、後期入試自体には、入試の多様化という観点から賛成しているようである。だが、主に経済学部の先生たちからの、「英語、国語、社会のセンター試験の点数と小論文だけで合否が決まる文科系の後期入試が、東大生の学力低下の要因である」という指摘には、「同意」している）

また、入学後しばらくしてからの健康診断では、白衣を着た医学部の学生から、いきなり、

「小川さんですよね」

と声をかけられた。

テレビに出なかった私をなぜ知っているのかと驚いていると、

「三月の健康診断で、僕が担当しました。小川さんのことは、よく覚えていますよ」

私は覚えていなかった。

医学部の学生は、記憶力が私と違うようである。

私と違って、若い人たちはみな同じように若いので、私としてはいちいち彼らを見分けることはできなかったのである。

なお、私の身長であるが、明治学院大学で測ったときも、就職してからも、どこで測っても一六九センチメートルである。ところが、東大入学後の健康診断で機械測定したら一七〇・四センチであった。こういう場合、たった一回であっても、機械を信じたくなるのは人の常である。だからそれ以来、私の身長は一七〇センチである。

私は四一歳で身長が一センチ伸びたのであった。

私の肉体は、不惑を過ぎて、まだ成長を続けていたのである。

「いつも、嫌なやつだと思っていたよ」——父と義理の父

式が終わってから、二人の父と私とは、あらかじめ待ち合わせてあった地下鉄東西線の九段下駅で落ち合った。

昼どきである。

私たちは三人とも背広姿で、少し年齢のいったサラリーマンのように見えなくもなかった。

私たちは立派な構えの寿司屋に入り、平日の昼間ではあるが、ビールを頼んで乾杯

した。成人式をすぎて入学した者の特権である。

「入学おめでとう」

いつもは辛口の義理の父が、珍しく私を誉めてくれた。

「東大の入学式に出られる親は、そうそういない。貴重な体験をさせてもらったよ」

まるで本当の息子が入学したみたいだった。総長式辞も、何かにメモをとっていたようである。

「蓮實総長も、なかなかいいことを言っていたね。結果よりも過程が大事」

私は寝ていたのに、彼はしっかり起きていたのだ。

私の父は、

「うーん。おめでたいというか、なんというか。孫の入学式みたいだったな。若い人ばかりだった」

あまり喜んでいるようには見えなかった。しかし、あとでわかったことだが、父は私の名前が載った『サンデー毎日』のページのコピー、入学式の新聞記事などを死ぬまでもっていた。

「私たちだけタイムスリップしてたみたいだね」

と私。

ずっと寝ていたことは言わなかった。

端から見ると、平日のまっ昼間から寿司を食べながら酒を飲んでいる、中高年の不良三人組である。

義理の父は、ビールのせいか、少し饒舌になっていた。

「私は日本大学の出身だ。終戦の年は、まだ中学生だった。目白の川村学園という女子校に通っていた。戦中戦後のどさくさの中で、男子も女子校に通わされていたのだ。大変な時代だった」

私は当時、西池袋に住んでいたが、西武池袋線の椎名町という駅まで徒歩一〇分くらいである。義理の父は、戦争中と戦後しばらく、椎名町に住んでいたのだ。目白の川村学園まで歩いてすぐである。

いつもの明るい口調とは、少し違っていた。

「勉強して、私も東大に入りたかった。私だけでなく、みなそうだ。でも入れなかった。日大がどうの、明治学院がどうのという話ではなく、みな、東大に入りたいという夢はあったのだ。でも、社会に出るとみな忙しく、それどころではなくなってしまう。夢の形もどんどん変わっていくのだ。それが当たり前だ。だから、それがいいとか悪いとか言っているのではない。ただ、そんな中で、夢をあきらめなかった者は、そこだけでも偉い！」

義理の父は大手製紙会社の取締役営業部長だっただけあって、話がうまい。人を惹きつける話し方をする。私と大違いである。

にやっと笑った。

「だが、和人君は、うちに遊びにきて話をしていても、話が終わるといつもさっさと何か本を取り出して読んでいたな。あれは受験の本だったのか」

「……すみません」

「そうとは知らないから、いつも、嫌なやつだと思っていたよ」

「ほんとに、どーもすみません」

義理の父の実家は紙問屋であった。

家を継ぐとき、業界大手の会社から重役にヘッドハンティングされた。悩んだ末、家業をたたみ静岡に単身赴任した。娘二人がまだ学生だったからである。そのころは三鷹に住んでいた。毎週末、ロマンスカーで静岡から東京に帰ってきた。

大企業の取締役で、人を見る目がある。そんな人間に、私は今まで嫌なやつだと思われていたのである。

私は父親二人の「おごり」で、高級な寿司屋で高級な寿司をほおばりながら、本当に自分は偉く、たいしたものなのだろうかと考えていた。

私は自分勝手である。

それ以外に言いようがない。

妻や子どもたちは、別に私にもう一度大学に行ってもらいたいとは思っていないだろう。家族の幸せのためには、どっちでもいいのだ。

二〇年前の学生時代、私はもっと自分勝手だった。自分の病気や体調不良にかこつけて、他人を不幸にするようなことばかりやっていた。私を愛し、想いを寄せてくれていたかもしれない人たちを、裏切りつづけてきたのである。

飲んでいたビールを苦く感じたのは、このときである。

この日から一一年後、二〇〇八年（平成二〇）に父が亡くなり、二〇年後、二〇一七年（平成二九）に義理の父が亡くなった。

考えてみれば、三人だけで外で酒を飲んだのは、この日が最初で最後である。そのたった一回に、私はお金を払わず、二人にお金を払わせてしまった。

親不孝である。

だが、せめて私は二人に、この日ほんの少しでも楽しい思い出を提供することができたであろうか。

少なくとも、私たちはこのとき、間違いなく三人で酒を飲んでいる「過程」を楽しむことだけはできていたはずである。

第2章　駒場

第二外国語はスペイン語――文Ⅲ8H

駒場にある東大教養学部では、前期課程（一年、二年）で第二外国語によるクラス分けがされる。私はスペイン語を選択し、文Ⅲ8H（スペイン語クラス）に入った。「文Ⅲ8H」とは、文Ⅲが文科Ⅲ類、8が八組、Hがスペイン語初修（未習者）クラスをあらわす語学符号である。語学符号のアルファベットは、A（ドイツ語既修）からI（朝鮮語初修）までの九つであった。スペイン語には初修クラスしかなかったが、ドイツ語、フランス語、中国語には既修クラスもあって、文科Ⅲ類は初修クラスだけでも一二組くらいに分かれていた。

スペイン語を選んだのは、スペイン語の発音がほぼローマ字どおりで、日本人には比較的覚えやすく発音しやすいと考えたからである。

私は明治学院大学一年生の六月のボクシングの試合以降、首から上のこわばりやだるさ、違和感がとれず、左顔面の筋肉が完全には自分の思いどおりにならない。だから、日本語の発音もよくない。まして外国語ならなおさらである。

大学の前期課程では、文科系学部においては特に、将来の文献講読やコミュニケーション能力の必要性を考えて、語学をみっちり鍛えようというのが一般的なようだ。

これは私には、かなり厳しい状況である。

そこで、ほとんどローマ字どおりに発音すればよいスペイン語を選んだのであった。もちろん難しいところは多々あるが、それでもフランス語やドイツ語などにくらべて、私にはいくらか与《くみ》しやすく思えたのである。

ドイツ語には、明治学院大学一年生のときに選択し、たった二か月で挫折し、やめてしまった暗い過去まである。

今回は、語学の挫折はそのまま退学を意味する。文学部に進学することすらできないのである。私は躊躇なくスペイン語に決めた。

都立高校の出身者は私一人(なのに四一歳である)——出身高校

文Ⅲ8H（スペイン語クラス）は、私を含めて五四名もいた。しかも、そのうち二二名が女子である。

文科系であっても男子の合格者が圧倒的に多い東大にあって、少し毛色の変わったクラスであった。

といっても、クラスで独自につくった名簿を見ると、出身校がいかにも東大らしい。「オリパンフ」というものがある。「オリエンテーション・パンフレット」の略で、教養学部前期課程の科類（文Ⅰ、文Ⅱ、文Ⅲ、理Ⅰ、理Ⅱ、理Ⅲ）ごとに、同じ語学の一つ上の学年のクラス（上《うえ》クラという）が、新入生の大学生活の参考になるようにと作成しているもので、私ももらった。二年生になったときには、私たちのクラスがつくったものも見せてもらった。

その中にオリター（オリエンテーションを担当する者という意味であろう）名簿があり、二三名いる。出身校が書かれていた。

五四名のうちの二三名である。

彼らの出身校は、順不同に、以下のとおりであった。

東京・麻布、茨城・土浦一高（二名）、埼玉・大宮、東京・巣鴨、東京・白百合、東京・桐朋、愛知・南山、ソウル・大元女子、神奈川・桐蔭学園、茨城・江戸川学園取手、福井・武生、神奈川・フェリス女学院、富山・富山中部（二名）、東京・女子学院、東京・お茶の水女子大学附属、東京・共立女子、熊本・熊本、愛知・岡崎、神奈川・栄光学園、東京・開成、奈良・西大和学園

オリターではないが、私立武蔵高校と桜蔭高校の出身者もいて、一つのクラスだけで男女「御三家」ほぼ揃い踏みである。

しかし、オリター以外の同級生に聞いても、私が高校生だったころの都立の東大合格常連校、日比谷も西も戸山も小石川も両国も、一人もいない。クラス五四名のうち、都立高校出身は私一人であるが、四一歳である。

寂しいかぎりであった。

学生の年齢構成は一八歳から二〇歳か二一歳までで、私だけが四一歳である。

ただ、去年のスペイン語クラス（上クラ）には、劇団で役者をやっていた年長の女性がいて、「みんなのおかあさん」と呼ばれていたそうだ。年齢は私よりはずっと若いということだが、不明である。

名前を聞くと、私は彼女を知っていた。

前年（一九九六年）の後期試験で、私の隣りに座って試験を受けていた女の子である。名字は私と同じ小川さんである。合格発表のとき、掲示板から「小川」という字が私の目に飛びこんできて、一瞬私かと思ったのである。受験番号は一番違いである。あの子だ、と思った。それが彼女であった。

前年の二次試験は英語が難しく、私には手も足も出なかった。よくあの試験に受かったものである。

後期入試は論文型だけあって、いろいろな人が合格するのだ。私もその一人である。

だが、少し変わった経歴の入学者がスペイン語クラスだけで二年間で二人いて、二人とも「小川」というのは奇遇である。ちなみに、「小川」という名字は多いが、名字ランキングでは全国二〇位以内には入っていない。

一時間単位で有給休暇を申請――必修科目

入学式のあとは、いよいよ授業がはじまる。新入生は、はじめての履修登録をして、出席する授業・講義を決めるのである。

ところが、授業は新入生が好きなように選べるわけではない。

大学一、二年生は必修科目が多く、しかも曜日・時間が指定されている。どこの大学でも、毎日のように必修の授業があるので、毎日大学に通わなくてはならない。

明治学院大学のときもそうだったし、東京大学でも同じである。これは昔も今も私立も国立も変わらない。

二〇年前、私は二年生の途中まではボクシング以外は何もしない不良学生であったが、三年、四年でなんとか単位を揃えて卒業することができた。

しかし東大では、駒場の教養学部前期課程で単位をとらなければ、本郷または教養学部後期課程に進学できないことになっている。ここが二〇年前の明治学院とは違っている。

必修科目を一つでも落とすわけにはいかないのである。しかも私には、留年は許されない。留年はそのまま中退を意味する。私は今度も、卒業するつもりである。

入学式のあと、「履修の手引き」と科目の一覧表を照らし合わせて時間割を組んでみると、やはり必修科目が月曜から金曜まで毎日ある。

これでは、郵便局の休暇がいくらあっても足りない。アウトである。

だが私は、昔一度大学生を経験している。必修科目の多さは想定内であった。

私は、勤務指定表をつくっているB副班長に相談して、いざというときのために考えておいた、必修科目の時間割に合わせて有給休暇の時間取得（一時間単位の取得）をするというアクロバティックな裏技を申し出たのである。

彼は即答した。

「いいよ。好きなように休みを入れていいって、言ったじゃないか。有給休暇をとるのは労働者の当然の権利だよ。ただし、規則は破らない。有給休暇の日数をオーバーして欠勤が出たら、この話は終わりだ。これだけは守ってくれ」

私は彼に感謝して、一時間単位の時間休暇を、勤務指定表に書きこんでいったのである。

こんな感じであった。

月曜　七時三〇分～一三時一五分↓勤務（速達配達）
　　　一三時一五分～一六時一五分↓時間休暇（三時間）
火曜　一〇時一五分～一四時一五分↓時間休暇（四時間）
　　　一四時一五分～一九時↓勤務（速達配達）
水曜　週休
木曜　火曜と同じ
金曜　非番
土曜　八時～一六時四五分↓勤務（通常配達）
日曜　七時三〇分～一六時一五分↓勤務（速達配達）

週休はお休み、非番は勤務からはずれた日という意味で、週休二日制であるから、当然ともに休みである。

大学の必修科目は、月曜日は午後のみ、火曜日と木曜日が午前のみ、水曜日、金曜日は午前も午後もあった。だが、この勤務にすれば、すべての必修科目に出席できる。

これで、一週あたり一一時間の時間休暇の取得で、必修科目はすべて出席できることになった。

一日の勤務時間は八時間である。一週あたり一日と三時間の休暇ですむことになる。大学の長い夏休みを、郵便局で休みなく働けば、十分に自分の休みの範囲内で大学に通うことができそうである。

九月までの学期（夏学期）は、これで固定した。

夏学期に履修する科目が決まった。

英語Ⅰ
英語Ⅱ
スペイン語講読
スペイン語文法
スペイン語会話
人文科学基礎二科目（私は人間Ⅰと歴史Ⅰを選択）
社会科学基礎一科目（社会Ⅰを選択）
基礎演習

スポーツ・身体運動

以上が必修科目であり、一つも単位を落とすことができない。

その他、総合科目として、時間割とにらめっこしながら、「西洋思想史Ⅰ」「社会思想史」「地域文化論Ⅰ」「東洋古典学」「人間行動基礎論」「基礎倫理学」「惑星地球科学Ⅰ」を選択、履修した。「人間行動基礎論」以下の理科系科目も所定単位取得しないと、やはり進学できないのである。

さらに、「主題科目」として、現代哲学に関するリレー講義も聴講することにした。仕事をしながら、これだけの科目を一週間で勉強するのである。だが、これくらいやらないと、単位不足で二年生になってからが大変である。

私は結局、これらのうち一つも単位を落とすことなく夏学期を終えた。

そして、ここで大いに役に立ったのが、両親にもらった私名義の定額貯金であった。半年複利の利息として元金（六〇万円）から増えた分（三〇万円以上）は、駒場の東大生協書籍部で、数多く履修した科目の教科書代や参考図書代として、有意義に使わせてもらったのである。

私は本が好きである。毎学期、生協で山積みするほどの本を買うことになったため、定額貯金の利息と、「学大９７２６９０」と印刷された生協組合員証（この組合員証の提示で本が割引になるのだ）は、本当にありがたかったのである。この組合員証は、卒業のときに返却してしまったが、私は記念のためにコピーして今でも大切にもっているほどである（だが、もちろんもう使えない）。

しかし、勉強すればするほど、私は二〇年以上前のことが懐かしくなってくる。語学の単位をすべて落とした大学一年生のときのことが脳裏に甦ってくる。本当に、あのときやっておけばよかったのだ。でも、後悔しても何にもならない。

私は今回はひたすら勉強した。

だが、ひたすら勉強する前に、思わぬ出来事があった。学部オリエンテーションのあった日だったはずだから、四月一〇日、入学式の前日である。

午前中、文Ⅲの新入生が駒場の一三二三番教室でオリエンテーションを受け、いっせいに教室から出たあと、私が向学心に燃え、意気揚々と構内を歩いていたときだった。

突然、うしろから二人の若い男に抱きつかれ、ほとんど羽交い締めにされてしまったのである。

拉致されたり、暴力をふるわれたりしなければならない理由は、私には何もない。

びっくりして、

「違う。人違いです」

と何が違うのかわからないが、うしろに向かって叫んだ。うしろでは、何かのクラブかサークルの名を連呼している。「ソフトボール」と聞こえたような気がした。

はははあ、と私は思った。

サークルの新入生勧誘である。オリエンテーションの日だからだ。どこかで待ちかまえていたのである。明治学院時代、私もされたし、した。

二人のうちの一人が、私の前にまわった。今度は彼がびっくりする番で、相棒に叫んだ。

「おい！　離せ！　違う」

そう言うと、二人で私に平謝りして、行ってしまったのである。

前を歩きながら、私の前にまわったほうが、

「あれ、親だよ」

と言った。

うしろの相棒は、

「親がジーパンはいてウロウロしてるか」

と不審そうに言っているのが聞こえた。

私は解放された喜びよりも、悲しんだほうがいいような気分であった。

ソフトボールのサークルなら、勧誘されれば話くらいは聞いてもよかったのである。

「郵政民営化は是か非か？」――基礎演習

駒場の必修科目（基礎科目という）のうち、「人文科学基礎」と「社会科学基礎」は複数科目から選択できるうえ、二年間で合計八単位とればいいので、いくつか落としても余裕である。

一方、どうしても落とせないのは、英語、スペイン語、基礎演習、スポーツ・身体運動、それに冬学期に開講される情報処理である。

「基礎演習」の担当教官は、クラス担任である。

語学クラスには、クラス担任が決まっているのである。文Ⅲ8Hは、A先生という女性の教官である。歴史学が専門のようである。クラス担任なのだから、当然教授か助教授（現在なら准教授）だと思ったが、よくわからない。

「基礎演習」は、新入生に、人文・社会科学諸領域の基本的なトピックスについて、資料の収集や調査の方法、日本語による口頭発表、ならびに論文作成能力の基礎をたたきこむための科目である。

A先生が第一回目の「基礎演習」の授業で教室に入ってきたとき、私は当然クラスに友人など一人もいなかったので、最前列の端っこの席に一人で座っていた。東大では入学前にすでにクラス旅行（これを「オリ合宿」というらしい。さらに、その前に「プレオリ」というコンパもあるようである）があり、多くの学生が参加して仲よくなっていて、教室はにぎやかだった。

ドアが開き、室内が静まり、入ってきた先生を見て、私はびっくりしてしまった。若く、きれいな先生が入ってきたからである。東大教授、または助教授に対して抱いていた私のイメージと、まったく違っていた。メガネもかけてない。

しかし、先生のほうも同様だったようである。最前列の隅にいる私を見て、一瞬ギョッとした顔になった。先生が抱いていた東大新入生のイメージと、まったく違っていたようである。出席をとるとき、この日は「小川君」と呼んだが、第二回目の授業からは、「小川さん」に変わってしまった。

授業のはじめに、学生が自己紹介をすることになった。私の記憶では、五十音順に先生に指名されたはずである。

私の番になった。

私は立ち上がり、先生のほうではなく、ほかの学生たちのほうを向いた。

「小川です。四一歳です。二人の男の子の父親で、現職の郵便局員です。仕事をしながら、きます」

教室内はざわついた。

先生は、真剣な顔で聞いていたようである。

そして、

「休職ですか」

「いえ」

「こられるんですか」

「四月の平日はすべて、週休、非番、年休という休みにあててもらいました。五月以降も同様、きます」

先生は少し考えていたが、特に何も言わなかった。

スネークス（野球部）のメンバーをはじめ、郵便局の仲間たちが応援してくれ、認めてもらった平日の時間休暇取得のおかげで、私は必修科目の授業にはほとんどすべて出席することができるはずである。

「基礎演習」は四月に自己紹介文の提出と、講評。五月からは論文作成のための課題を決め、一回の授業で数人ずつ口頭発表を行なう。口頭発表は制限時間を決めて行ない、そのあと質疑応答をする。最後に論文（四〇〇字詰原稿用紙一五～三〇枚程度）を提出して夏学期で終了、というスケジュールであった。

「基礎演習」は夏学期のみの科目である。入学式以後、七月までで、授業は一〇回と少ししかなかった。

私は郵便局の勤務のやりくりがつかず、そのうち一回だけ授業を休んだ。五月中旬であった。

休む前の週、授業が終わったあとで、私はA先生に欠席を申し出た。

「来週、仕事を抜けられないので、一回だけ休みます」

来週は、運よく私の口頭発表の日ではなかった。

先生はノート（クラス名簿？　カレンダー？）に何かを書きこんだ。

「来週ね。一回だけなら休んでもいいですよ」

二回休んだらどうなってしまうのか、恐いので私は訊くことができなかった。だが、以後は無事休まず出席することができた。

論文のテーマは、自分で決めることができる。

私の口頭発表と論文のテーマは、「郵政民営化は是か非か？」に決めた。

小泉純一郎の郵政民営化論以降、私にとっては切実なテーマである。ふだんから考えていることなので、口頭発表もやりやすいし、論文も書きやすいと思ったのである。

私の発表の前、数人の発表があり、自由なテーマについて、みな自由に述べている。

私はそれを聞きながら、若くして東大に合格する子はみな頭がいいのだろうが、話を聞いているとごくごく普通の一八歳だな、と思っていた。でも、私が一八歳だったときよりは、ずっとましである。

私の発表の番になった。

私は話が苦手である。そのうえ板書に時間をとられすぎ、話が終わらないうちに制限時間（五分だったか、一〇分だったか）をオーバーしてしまった。用意していたことが半分近く残ってしまった。

最前列に座っているA先生が鳴らしたベルの音が「チーン」と、無情に教壇上の私の耳に鳴り響いた。

私は、しかたがない、結論だけは言っておこうと、

「郵政民営化は、ノーです」

とだけ言って、発表を終えた。

質疑応答の時間になり、学生たちの何人かから、

「郵政民営化に反対なのはわかりましたが、理由が全然わかりません」

という意見が出た。

当然である。言ってないのである。それは、私の手もとにあるメモを見ないかぎり、絶対にわからない。

私が発表したのは、小泉純一郎の悪口と、日本の郵便物の価格と諸外国との比較、

その一覧表を板書して、民営化されている国にくらべていかに日本が安く、ユニヴァーサルサービス（全国一律料金、同一サービス）が達成されているか、それだけである。一覧表の板書に時間をとられてしまったのは、われながら昔学習塾の講師をやっていたとは思えない凡ミスである。

A先生は、

「今の発表は、郵政職員としての立場からの主張ですか。国民の立場に立った主張ですか」

と訊いてきた。

私はドキリとしてしまった。

さすがである。

民営化論当事者の私としては、郵便局員として、一面からだけの主張になってしまったのである。自己利益のための保身というやつである（もっとも、私は今でも、郵政民営化が国民生活にとってどれほどのプラスになったのか、大いに疑問である）。

A先生は、二つほど誉めてくれた。

一つは私が尻切れトンボになったとはいえ、一応結論だけは忘れずに言ったことである。もう一つは、私が自分の主張の論拠として、参照した本の出典や話の出どころをすべて明示したことである。

だが、発表の内容については、少しも言及しなかった。「基礎演習」は夏学期、無事単位をもらうことができた。意外にも、A（八〇点以上）であった。

冬学期になって、私が一号館（だったと思うが、もっと奥のほうの校舎だったかもしれない）で授業を受け、廊下を歩いていると、前からA先生が息せききって小走りでやってきた。

私を見ると、

「小川さんだ」

と言って立ち止まり、

「〇〇番教室って、どこだったかしら」

私はたった今その教室の前を通ってきたので、あっちをこう行ってこう曲がる、と教えてあげた。

先生はうなずいて、走っていってしまった。

私は走り去っていくうしろ姿を見送っていた。

先生でも知らない教室があるのである。

私は東大教授（助教授？）に、一つだけだがモノを教えることができたことがうれしかった。

しかし本当は、「基礎演習」はとっくに終わっていたのに、まだ私の名前を覚えていてくれたことのほうが、もっとうれしかったのである。

語学クラスの互助システム――シケプリ

最初の一年間を通じて、特に大変だったのはスペイン語である。

スペイン語は、週三回も授業がある。講読、文法、会話である。

私は毎日、スペイン語テキストと格闘していた。仕事をしているときも、職場に辞書とテキストをもちこんで、昼休みにはスペイン語の勉強をしていた。毎日続けないと、すぐ忘れてしまうのである。

スペイン語クラスの人たちには、本当にお世話になった。

「シケプリ」である。

シケプリというのは、試験対策のために、同じクラスの学生が科目ごとに担当を決めて作成し、学生たちによって共有される授業ノートやプリントのことである。

私は勤労学生ということで担当の科目を免除してもらい、シケプリに関しては純粋な受益者であった。

多くの学生がシケプリを使って授業の復習をし、試験に臨むので、答案がみな同じようなものになる。しかし、これはスペイン語に自信のない私には、本当に役に立った。復習にも役立つからである。

明治学院大学時代にも、シケプリのようなものはあったのだろうが、私は一年生の途中から授業に出席しなくなり、愚かにもみずから友人たちとの付き合い、人間関係を断ち、学業に関してはいつも一人ぼっちであった。

だが、後悔先に立たず、である。

美人スペイン語教師のお気に入り――カスート・オガワ

駒場での最初の一年間は、語学（英語とスペイン語）のみに費したといってもよい。単位を落としたら、その時点で終わりだからである。

最大の難関は、スペイン語会話であった。

スペイン語会話の教師は、B先生というスペイン人女性である。

「オリパンフ」には、科目選択の際に、単位のとりやすい先生を選べるようにと、上級生が下級生のために、教師の採点表（A～D）を載せている。

だが、「英語Ⅱ」以外の語学に関しては、教師は最初から決まっていて、学生が選ぶことはできない。

そこにB先生は、次のように紹介されていたのである。

《評価＝ＤＤ

さっさとスペインへかえりやがれ。スペイン語のできる人（すでにちょっと習っている人）しか相手にしない授業。

スペイン語しかしゃべれない。ときどき変な英語が混じる。

顔はＡ、スタイルはＡＡ、性格ＤＤＤ、テストＤＤＤＤ……。

いきなりネイティブのリスニング出すな。スペイン語で問題を書くな。わかるわけねーだろ。

……こんなことを考える、クラスの大半の人を尻目に、Ｂ先生と少数の優等生によって、授業は朗《ほが》らかに進行するのです。》

名前の下のアルファベットは、ＡからＤの順に、「単位のとりやすさ」をあらわす評価である。評価ＤＤなどという教師は、ほかには一人もいない。

こんな先生に当たって、大丈夫なのだろうか。お先まっ暗である。

この心配は、しかし杞憂に終わった。

「オリパンフ」にあるとおり、彼女は勉強しない学生に対しては「鬼」である。しかし、二〇年前の私と違って、今の私は、大学へは勉強のためにだけきているのである。何もわからない初心者であっても、彼女はやる気があって予習をしてくる学生に対しては最高の教師であった。

スペインは情熱の国である。

クラスにE君という学生がいた。スペイン人好み（?）のしそうな、彫りの深い好男子である。マタドール（闘牛士）によくいそうな顔立ちである。しかも、開成高校出身の秀才であった。

B先生は、若くて、独身である。

彼女は授業中、このE君のファーストネームを連呼し、彼がお気に入りであった。そして、彼の次に指名されるのが、私である。私は「カスート」である。カズトのスペイン語読みである。アクセントは「スー」のところだ。

同級生たちは、

「E君とカスートが、先生のお気に入りですね」

と言って、彫りが深くはないが濃いめの私の眉毛を見ていたようである。スペインに行けば、私ももてるだろうか。もっとも、私の眉毛の濃さは、ただの年齢的なものである。

E君がマタドール（主役の闘牛士）なら、私はピカドール（脇役）、または牛であった。

スペイン語会話の授業は、月曜日の午後、二時四〇分からであった。一時一五分まで江戸川郵便局で仕事をしている私は、仕事が終わるとすぐバスかタクシーに飛び乗りJR亀戸駅まで行く。そこから中央総武線で代々木、山手線で渋谷、京王井の頭線で駒場東大前へと乗り継ぎ、ぎりぎりの時間に授業に間に合う。

一度だけ遅刻したが、電車の遅延である。

私がそーっと教室のドアを開けると、教壇のB先生と目が合った。彼女は、「カストト!」と叫び、私を手招きして中に入れてくれたのである。

授業では、全員が一回は会話に参加できるように、B先生に指名される。

私への質問は、

「カストト、昨日、何をした?」

もちろんスペイン語である。

予習・復習を欠かさない私は、意味がわかった。

「ヨ・アジェール・トラバヘー(私は昨日は働いた)」

日曜日なのに? B先生は驚いて尋ねた。

スペインでは、日曜日に働くのは珍しいらしい。

日曜日に働いたから、今日も午前中働いたから、私は今大学で勉強できるのである。

「ヨ・トラバッホ・カシー・トドス・ロス・ディアス(私は、ほとんど毎日、働いているよ）」

そして毎日、スペイン語の勉強に明け暮れているよ。

「文Ⅲ8Hのママ」の気配り――Aさんからの手紙

スペイン語クラスの人たちには例外なく仲よくしてもらい、私は大助かりであった。なかでも、たぶんもっともお世話になったのは、私と同じ後期日程組のAさんという女の子である。

一年生の夏学期のあいだ、私はほとんどシケプリを使わなかった。英語もスペイン語も、自分でできるかぎりの時間をかけて予習をし、復習もしているので、必要ないと思ったのである。それに、私には本郷に行きたいという気持ちがあるだけで、駒場では単位さえとれれば点数はどうでもよかったのである。

しかし、テストの時期になって、「訳文」がないのは、想像以上にキツイことがわかった。

テストの短い時間内に、授業で一度やった文章を読んで、またいちいち訳しながら答案用紙を埋めていくのである。

時間切れになってしまうこともあった。

やはり、シケプリを使い、できあがった訳文を頭の中に入れてテストに臨むのは、ちっとも恥ずかしいことではないな、と考えるようになった。

私には同時通訳（翻訳）をしていくような語学の才能はない。

クラスの人たちと話をしているときに、そのことを漏らしたのである。

すると、ある日、Ａさんが私に手紙を手渡してくれた。

ラブレターではなかった。郵便の封筒ですらなく、住友銀行（当時）の封筒に入っていた。しかも、ぶ厚い。

私はお金が入っているのかと思ってびっくりしたが、スペイン語テキストの訳文と、一通の手紙であった。

手紙にはこう書かれてあった。

《小川さんへ

以前にちらっとお約束した、スペ語の訳文です。先生がおっしゃったものをほぼそのまま書きとったものなので、信頼度はそれなりに高いと思います。ところどころ抜けているところがありますが、お許し下さい。

じつは、小川さんにこの訳文をさしあげるのは失礼かと思いました。小川さんは、私などのように点数をとるための勉強をなさる方ではなく、他力に頼らずにやっていらっしゃるのに、そこへ私がこのようなものをさしあげては、小川さんの意に沿わないばかりか、水をさしてしまうのではないかと案じました。

けれど、小川さんは単語調べなどはご自分でやっていらっしゃって文意もとっていらっしゃるのだから、これが直接、他力となるようなことはないでしょうし、また小川さんも「文章として日本文がなくて少し辛かった」というようなことをおっしゃっていたから、これを一助と考えていただければ幸いと思います。

別に、使っていただかなくても、目を通していただかなくても構いません。私自身が前回のテストの際、友だちにもらった訳があったことで、自分のと照らし合わせたり、欠けているところ（↑これのほうが多いのですが……）がわかったりと、非常に助けてもらいました。小川さんの場合は、私のように頼りっきりにはなさらないでしょうが、物語の流れがつかめる、一目でわかるという点では、少なくともお役に立てると思います。

ですぎたことだったかもしれませんが、ご容赦下さい。（後略）　A》

同じ後期日程組といっても、二三浪分の過去をもつ私と違って、彼女は現役合格である。一八歳か、一九歳になったばかりである。それでこの文章力と、気配り。いったいどうなっているのだろう。私はすっかり感服してしまった。

後期日程組の誇りである。立花隆先生に紹介したいくらいである。

私はこの訳文とシケプリのおかげで、以後のスペイン語講読やスペイン語文法のテストは、難なく通過することができた。ただし、最初のテストの出来がよくなかったため、夏学期、私の評価は、文法はAだが講読はB（七九〜六五点）であった。

ちなみに、Aさんはその優しさと面倒見のよさから、「文Ⅲ8Hのママ」と呼ばれていたようである。そしてもう一人、やはり面倒見がよく、かつ俠気《おとこぎ》まであったクラスの「パパ」C君と、数年後に結婚した。

東大ではよくある結婚のパターンのようであるが、私も結婚披露宴に呼んでもらって、たしか新婦側の友人として、二人を祝福させていただいたのである。

ところで、彼らがママとパパであるなら、私はいったい文Ⅲ8Hの何だったのだろう？

リスニングに四苦八苦——英語Ⅰ

スペイン語と並んでの難関は、週二回授業がある英語である。

私は語学が苦手である。

駒場の英語には、視聴覚設備を利用した一斉授業である「英語Ⅰ」と、小人数授業の「英語Ⅱ」がある。

「英語Ⅰ」は、曜日、時間、教官とも決められていて、選択の余地はない。東大独自のテキスト（一般の書店でも入手可能であった）を使用し、毎回リスニングテストと、テキストの内容についての小テストのくり返しである。

私はリスニングが何よりも苦手である。

普通のスピードの英語がスピーカーから流れてくると、わかるところとわからないところがまだらの状態である。週によっては、まったくわからないときだってある。予習をいくらやっても、聴きとれないので解答用紙がまったく埋まらないのである。それでも、毎週やっていると少しずつ聴きとれるようになってくるから不思議である。

リスニング以外でなんとか点がとれ、また一年間まったく授業を休まなかったため、出席点でかさ上げしてもらったのかもしれない。夏学期、冬学期ともに運よく評価Bで単位を取得することができた。

しかし、「英語Ⅰ」は、あと一年残っていた。

精読にも四苦八苦——英語Ⅱ

英語のもう一つの授業、「英語Ⅱ」には、小人数によるLS（聴解・会話）、W（作文）、

R1（速続・多読）、R2（精読）の授業がある。

学生が希望の授業を選んで申し込み、受け入れられれば受講できる。競争率が高く、受け入れられなければ、選び直さなければならない。

私が選んだのは、R2（精読）の授業である。

夏学期の教材は、ウィリアム・フォークナーの短編小説『The Big Shot』、冬学期はリディア・マリア・チャイルドという作家の短編小説『The Lone Indian』であった。

私は夏学期、冬学期ともに受講した。

夏学期は受講生は小人数であったが、冬学期になって一気に人が増えた。これは、主として、私がスペイン語クラスで精読の先生の宣伝活動をくり広げたからであった。

夏学期のウィリアム・フォークナーの作品は、どれも難解である。特に私にとってはあまりにも難解な文章で、一行予習するのに丸一日かかったこともあったほどである。なんといっても、主語が何かすらわからないような状態である。

授業中に私が額に汗し悶絶しながら訳していると、先生が見かねたのか、

「小川君。今日は主語が合っているから合格としよう」

これが誉め言葉である。

私だけがこのありさまなら、ダメ学生である。しかし、英語が苦手な私だけでなく、ほかの東大生たちもみな苦悶の表情を浮かべて訳しているので、私としては気が楽で

あった。

　しかも、すべての単語を辞書でひいても、はじめはまったくちんぷんかんぷんだった文章を、先生が時代背景の説明や単語の隠れた意味を解きあかすことで、思わぬ真意が見えてくることがあって、私は文献を精読することのスリルと楽しさを存分に味わうことができた。

　この精読の授業の圧巻は、じつはここからである。一通り訳し終わって、みんながほっとすると、授業の内容に関係のある雑談に入る。

『The Big Shot』は一九二〇～三〇年代が舞台である。禁酒法、ギャング、賭博などがキーワードとなる時代だ。先生は雑談として、同じキーワード、同じ時代を描いたアメリカ映画をよく引き合いに出した。博識だが、うれしいことに、私と趣味がほぼ同じである。

　精読の先生は私よりも一〇歳以上年上だが、彼が口にする昔の映画は、ほとんど観て、知っている。映画好きなのは父の影響と、明治学院時代からの親友・川中紀行のおかげである。

　しかし、昔のアメリカ映画など、よほどの映画マニアでないかぎり、若い東大生は知らない。知っているのは、先生と私だけである。

　テキストに「ストリート・カー（streetcar）」という単語が出てきた。アメリカの話だから、「路面電車」である。

先生は、

「ア・ストリート・カー・ネイムド・デザイア（A Streetcar Named Desire）。有名な戯曲だ。邦題は？」

東大生ならみんな知っていると思ったが、遠慮しているのか、誰も手を挙げない。

「小川君は？」

小人数だし、いつも最前列か二列目に座っているので、私の名前はすぐ覚えてくれていた。指名されるのも、私が断然多い。

「『欲望という名の電車』です」

「作者は？」

しまった。映画の監督なら覚えているのだが。エリア・カザンである。

二人の劇作家のうち、どっちだっけ？

「えーっと。どっちかな？　アーサー……？」

「ではなく、テネシー」

「ウィリアムズ」

アーサー・ミラーとテネシー・ウィリアムズ。私くらいの年齢の文学青年は、昔はみんな知っていたのに、私は度忘れしてしまっていた。

「映画化されたが、主役を演じた女優は誰だったっけ?」

「ヴィヴィアン・リーです」

「そうだ。ゴーン・ウィズ・ザ・ウインド(Gone with the Wind)。『風と共に去りぬ』の女優だね」

「ウォータールー・ブリッジ(Waterloo Bridge)。『哀愁』も」

酒場でポーカーをする場面になった。

「小川君。ジョージ・ロイ・ヒルの『スティング』のラストは、ポーカーの勝負だったね」

「いえ、競馬です」

「競馬? ポーカーでギャングの親分をやっつけるんじゃなかったっけ?」

「ポーカーは映画の途中、たしか列車の中です。最後は、(ロバート・レッドフォードの)フッカーと、(ポール・ニューマンの)ゴンドルフは、競馬のノミ行為のペテンでシカゴのギャングの大親分ロネガンを罠にかけます」

知っていることを質問されて、私は得意になって嫌味なほどこまごまと説明してしまった。

饒舌には理由がある。じつは、『スティング』は私のもっとも好きな映画の一つなのである。相棒ルーサーを殺された詐欺師のフッカーが、大物詐欺師のゴンドルフの助けを借りてロネガンに復讐する話だが、復讐などしてもゴンドルフにとっては何の得にもならないのである。だが、なぜ身の危険を顧みずに手伝ってくれるのかと尋ねるフッカーに、ゴンドルフはこう答えるのである。

「(自分にとっては) 復讐ではなく、挑戦だからさ」

私はこの言葉が好きである。

過去に復讐するのではなく、未来に挑戦する。私もどこかでこの言葉を使ってみたかった。だが、これまで一度も言う機会がなかった。

隣りの机で授業を受けている学生が、

「えー、何これ?」

とつぶやいて、あきれている。

知らない学生である。「英語Ⅱ」は文科系の学生なら誰でも選択できるので、スペイン語クラスの学生以外の学生もいるのである。というより、ほとんどが知らない学生である。

嫌味なおじさん、と思ったであろう。

しかし、彼は授業が終わってから隣りの私に向かって、

「映画のこと、詳しいんですね」

と感心したように言ってくれた。

彼は文Ⅰ（文科Ⅰ類）生で、法学部に進学する予定だそうだ。

私は恐縮して、

「いや、年とってるだけだよ」

四一歳でもこの場所にいていいと思わせてくれたのは、この精読の先生であった。

一年を通して、私は一回だけ「英語Ⅱ」の授業を欠席した。クリスマス・イブの日、年末で年賀状の配達の準備に入って仕事が忙しく、大学に行けなかったのである。もちろん前の週に先生には欠席を申し出ていた。

ところが、あとで聞いたところでは、その日、先生も急遽《きゅうきょ》授業を休講にされたとのことであった。

私は無遅刻、無欠席になった。

そして皆勤賞の私は、夏学期、冬学期とも、評価Aを取得することができたのである。

全力疾走してはいけない――トレーニング授業

履修登録に際してもっとも悩んだのは、「スポーツ・身体運動」である。

四一歳で、若い人たちに混じってどこまでできるのか。どこまでやればいいのか。

しかも、必修（基礎）科目である。途中でバテて倒れ、休学にでもなったら大変である。

とんだ笑い者である。

「スポーツ・身体運動」は、ソフトボールなどのスポーツ種目を選ぶか、体力づくりのトレーニングを選ぶか、要するにそういうことだと私は理解した。

私は野球が好きなので、ソフトボールは魅力だが、やはり身体と年齢のことを考えてトレーニングの授業を選ぶことにしたのである。

私が入ったトレーニングのクラスの担当教官は、三〇歳そこそこ、明らかに私より若い男性である。入学したときは文Ⅱ（文科Ⅱ類）だったが、途中から経済学ではなく身体・トレーニングに関心が移り、体育の先生になったとのことである。

そして、

「この授業を選択した学生は、みなどちらかといえばスポーツが不得意な者か、体力に自信がない者と思う。だから、マイペースで、それなりにやればいいよ」

これはありがたい、と私は思った。いい先生に当たったようである。

マイペースでやっていいのだ。私は少しほっとした。だが、「マイペース」が、間違いのもとだった。

雨の日以外は、まず体育館裏のグラウンドのトラックを五周（?）走る。体育館に移動し、いろいろな器具を使ったトレーニングをする、というメニューであった（ような記憶がある）。

体育館は、入って右奥にボクシングのサンドバッグがぶら下がっている、古い体育館だった。

ところが、教官の思惑とは違い、私のマイペースは相当速いのである。私はアマチュアの元ボクサーである。ボクシングは弱く、負けてばかりだったが、走ることだけは得意だった。

明治学院大学時代は、二六キロを一時間半足らずで走った。女子マラソンのペースメーカーができるかもしれない（?）スピードである。

二〇人かそれ以上いる学生たちをひっぱる形で、私は毎回先頭を全力で走り、いつもトップか二位でゴールした。

私とトップを争っていたのは、スペイン語クラスの同級生である。彼は高校時代は剣道だか弓道だかの選手で、体力があった。いつも最後は私と抜きつ抜かれつの接戦である。

私は全力疾走する彼がすっかり好きになってしまった。

だが、ある日、トレーニング後のミーティングで、若い教官は私たちに意外なことを言ったのである。

「トラック走を見ていると、毎回、全力疾走で走り抜ける者が数人いる。僕は、それは日本人の昔からの悪いクセだと思う。頑張るのは美徳じゃない。トレーニングを履修したのは、トップレベルの体力をもっているわけではなく、むしろ体力に自信のない部類の者たちだ。もっとゆっくり、走っていい。疲れず、しかし合理的・科学的に身体を強くさせてあげたいと、僕は考えている」

なるほど。たしかに言うとおりである。

私は年齢的に、日本人の悪しきガンバリズム、モーレツ社員時代の最後の世代の一人である。

だが、私は昭和三〇年代生まれ、「もう戦後ではない」時代に甘やかされて育った世代だから、何を言われてもかまわないが、私より上の世代、少なくとも団塊の世代より上の人たちは、敗戦国として、何もない、頑張ることでしか生きられなかった時代を生きてきたのである。

そして、それらのモーレツな人たちが頑張ってくれたおかげで、日本は成長したのである。

私は、教官の言うことはまったく正しいが、私とは少し波長が合わないかな、と思った。

だが、以後はモーレツに走るのはやめることにした。

数回あとの授業のとき、全員が体育館の外で座らされ、教官が何かを言い（何を言ったか忘れた）、呼ばれた者は手を挙げるように言った。

一人ずつ呼ばれて挙手し、私も手を挙げた。

そのとき私は、何回か前の教官の言葉を思い出し、あまりガンバって勢いよく手を挙げずに、ちんたら中途半端に手を挙げてしまった。

全員に挙手をさせたあと、教官が言った。今回は少し怒りが感じられた。

「全員の挙手のしかたを見たが、何人かを除いて、手を上まで伸ばさず、ちんたら手を挙げている。社会人としては非常識である。手はまっすぐ上まで肘を伸ばして上げるように。今の学生の悪いクセだ」

私は混乱してしまった。

言っていることは一〇〇パーセントそのとおりだが、この人はいったい、今の学生がいいのか、昔の学生がいいのか。

よくわからないが、次回から、点呼の際には言われるとおりにするようにしたのは言うまでもない。

私は友人失格だった——Tさんのこと

ある日、トレーニングの授業の前に体育館に入ると、奥からパンパン軽快な音がしている。覗いてみると、見たことのない若い男がサンドバッグをたたいている。学生のようだ。

私は彼に近づいて、サンドバッグ打ちを見ていた。

ボクシング経験者である。

「ボクシング部ですか」

彼は私を見て、打つのをやめた。

「いえ、違います。でも、昔やってました」

「昔?」

「僕はおじさんですよ。一度私立大学を出て、二度目の大学生です。去年入学しましたが、一年休学して、今一年生です。三〇歳過ぎてます」

「ひえ〜」

いた。私のほかにも、こんな人がいたのだ。

私はうれしくなった。

授業開始まで時間があったので、詳しい話を聞くことができた。

彼は、Tさんといった。

都内の私立大学を出て、働いている。去年、文I(文科I類)に合格して入学したが、仕事が忙しく、一年休学した。今年またやり直しである。だが、私が一度も見たことがなかったように、今年もあまり大学にこられないので、留年になりそうだという。

私より一〇歳くらい若く、三〇歳ちょっとである。

文Iといえば、法学部である。東大のエリートである。

仕事は、塾の先生であると言った。

「塾？　学習塾ですか。へぇー。私も昔、一年だけだけど塾で教えていたことがありますよ。大手学習塾ですか」

「違います。自分でやってます。個人経営みたいなものです」

私は感心してしまった。

塾を経営して、自分で教えて、しかも自分で大学を受け直して、入学したのである。私は職場の仲間に恵まれ、有給休暇をフルに（たくさん）使えるので、通ってこられるのである。

条件が違いすぎる。

「これから、こられそうですか」

「やはり忙しくて、ちょっと難しいかもしれません。でも、小川さんみたいな人と知り合えたことだし、頑張ります」

「私も一緒です」

しかし、それから彼はまた全然授業に姿を見せなくなってしまった。

年末か年明けごろ、私は彼から聞いた住所に手紙を書いた。ぜひ一度どこかで会ってゆっくり話しましょうという内容である。

それから数か月、なんの音沙汰もなかった。やはり学生を続けるのは無理だったのかなと思っていると、三月下旬に入ったころ、彼から手紙が届いたのである。

次のような内容だった。

《拝啓
お返事がすっかり遅れてしまい申し訳ありません。じつは妻が病気になりまして、現在も実家で静養中で、私は独身状態なのです。仕事のほうは一応、すべて一つのサイクルを終え、今は少しは楽なのですが……。

早く書こうと思いながら、なかなか心にゆとりがもてず、こんなに遅れたことをお許し下さい。

さて、ゆっくりとお話をしたいと私も切に思っているのですが、やはり四月初めまでスケジュールに空きがつくれないのです。おそらく僕は留年ですから、学校で（駒場）かならずお会いできるので、そのときに都合のよいときをお知らせできると思います。

たしかに仕事と大学の両立はお互い大変ですね。しかし、こうしてお会いできて、ほかの人とは違う生き方をできることが確認できたのは素晴らしいことだと僕は思っています。まだまだ人生経験も浅く生意気な口をきいて腹立たしく思われることもあるかもしれませんが、よろしく御指導下さい。

（中略）

ともかく、年齢はさておき、折角のチャンスを十分に活かして、お互いに学生生活を楽しみたいです。よろしくお願いします。

最後になりましたが、小川さんと御家族の御健康をお祈り致します。

乱筆お許し下さい。

敬具》

やはり私が手紙など書くべきではなかったのだ。

私はそう思った。

それでなくても仕事や奥さんの病気で忙しいところに、かえってTさんを煩《わずら》わせてしまったようである。

それに、宛先を書いていてわかったのだが、彼の住居は平塚（神奈川県）である。

遠距離通学である。

私のように、通学時間片道四〇分くらいというのとはわけが違うのである。彼の返事のとおり、彼がこられるようならまた駒場で会えるはずである。そのときまで、そっとしておこう。

しかし、その後二年生となり、いつまで経っても、駒場でTさんとバッタリ会うことはなかった。

そしてそのまま、私はこの件を忘れてしまったのである。

Tさんとは、その後一度も駒場ですれ違うことすらなかった。私は、連絡するのはかえって悪い気がして、連絡しなかった。

大学にきていれば、きっと会える。だが、会えなかった。

だから、彼がどうなったのか、私にはわからない。友人失格である。

友人失格の私なのに、「スポーツ・身体運動」の評価は、夏学期、冬学期ともにAであった。

コンピューターには、ほとんど触ることなく——情報処理

夏学期のみで終了したA先生の「基礎演習」に代わって、冬学期に開講される必修(基礎)科目が、「情報処理」である。

私はここでも、スペイン語クラスの人たちに大いに助けてもらうことになった。

情報処理といえば、私の頭の中には、一九七〇年代後半に明治学院大学で授業を受けたときの巨大電子計算機のイメージしかない。しかし、全然違った。もちろん、今やパーソナルコンピューターの時代である。

情報棟は、南棟、北棟と二か所あり、「情報処理」の授業がどちらの棟で行なわれたものだったか、私はまったく覚えていない。ついでに、教官の顔も名前も覚えていない。

覚えているのは、コンピューターのログインからログアウト、基本的なマウスの使い方から、メールの送受信の方法まで、すべて近くにいたスペイン語クラスの人（誰かれかまわず）に教えてもらい、やってもらったことだけである。

毎回、課題が与えられ、授業がはじまってしばらくすると、何人かの学生が立ち上がって、私のそばをウロウロしだす。

彼らはサボっているのではない。

逆である。

早くできてしまい、途方にくれている私のような者にアドバイスを与えてくれる、公認インストラクター、「救世主」のような存在なのである。

私はウロウロしている中で知っている顔（同じスペイン語クラスの人）を見ると、手を挙げてかならず教えを請うた。

そのおかげで、私は毎回コンピューターにほとんど触ることなく、課題を達成できたのである。

そして、驚いたことに、最後の評価テストは実技ではなく、ペーパーテストであった。

私は生協書籍部で買った『情報処理入門　補遺』という本だったか、授業で配られたプリントだったかを、とにかくよく読んでテストに臨み、評価Aを取得した。

テキストやプリントには出ていなかったが、私が人生経験の中でたまたま知っていた「デバッグ」という語句の意味（ソフトウェアの虫《バグ》とり、プログラム上の誤りを発見し修正する、ということ）を説明させる問題が出るなど、いつもながらの幸運も重なったのである。

しかし、われながらこの単位取得は詐欺みたいなものだと反省したのは、私が何回も授業中に教えを請うた恩人Gさん（女性）が、一年が終わって、

「えっ！　小川さん、情報処理Aですか。私、Bですよ」

と叫んだときのことであった。

大学にこなくなってしまった同級生——仮面浪人

明治学院大学の四年間、私は語学クラスの同級生たちのうち、多くの人と一言も口をきかなかった。

病気上がりで、医者の忠告を無視してはじめたボクシングで体調を崩し、さらにオーバーワークからくる疲労で、練習以外休むか、寝てばかりいたからである。一年生

のときは、語学の授業にはほとんど出たことがない。

卒業後、そのことを思い出すと、心にポッカリ穴があいたようである。私はその四年間を取り戻したかったのだ。

東大に入ってからは、スペイン語クラスの同級生たちには、年は離れているができるだけ話しかけた。

きっかけをつくってくれたのは、同級生のHさんである。口下手で話題も見つからず、話しかける手立てがなかった私に、郵便局のこと、私の仕事のことをいろいろと尋ねてくれたのが、Hさんである。私にとっては本当にうれしいことであった。Hさんは「北陸三人娘」の一人として、このあとの話にも出てくるはずである。

また、郵便局員としてのノルマで、年賀ハガキや暑中見舞いハガキ（かもめ〜る）を自腹でたくさん買わされていたのをさいわい、クラスの五三名全員に（同じ文面で）季節の挨拶のハガキを何回か送った。

なんと、ほとんどすべての同級生から返事がきた。

「小川さんからのハガキが届くと、季節がわかります」

みな、そんなことを返事に書いてくれたのである。

その中で、一人、一年生の冬学期に入ったころからあまり顔を見なくなった男の子がいた。

F君である。

彼は千葉県の人ということで、私の生まれも千葉である。親近感があり、夏学期には話もしていたと思うが、冬学期になってからは姿をめったに見ない。たまに見ると、机でスペイン語の勉強をしているようだから、秀才としては普通である。変わったところも見えない。

だが、話をしなくなって、そのうちまったく姿を見なくなった。

少し心配はしたが、私には他人の心配をしている余裕はない。自分の心配をしなければならない。

彼はスペイン語の最後のテストにもこなかったようである。

そして、一年が終わったとき、私は、F君が千葉大学医学部に合格したらしいという話を聞いたのである。

仮面浪人である。東大にも、他大学の医学部受験のための仮面浪人生がいるのだ。過去を取り戻そうとして東大に入ってきたおじさんと、未来を切り拓こうとして入ってきたF君。東大にも、そういうドラマがあるのである。

F君なら、きっといい医者になるだろう。

しかし、この一年を思い出して、F君の心にポッカリ穴があかないか。他人事ながら私はそれだけが心配であった。

「食べる力」と「学ぶ力」の相関関係——北陸の三人娘

明治学院大学社会学部時代からの私の親友・川中紀行はコピーライターであるが、映画にも造詣が深い。キネマ旬報社から執筆・取材依頼を受けて、キネマ旬報賞のレポートやビデオ評を書いていたほどである。ちょうど私が東大に入ったころ、彼は『Heavenz（ヘブンズ）』（原題ママ）という映画の広告・宣伝を担当していた。

映画に、大勢のエキストラが必要だという。

東大には「東大映画研究会」という映画サークルがあって、スペイン語クラスの同級生、Gさんという女の子が映画研究会に入っていた。

「東大映画研究会」は山田洋次監督の出身サークルだそうである。

私はGさんに話をして、川中と映画研究会とのあいだで連絡をとり合ってもらった。すると、スペイン語クラスの学生のうち何人かが、エキストラで出演することになり、彼らと川中とが親しくなった。

それ以後、川中と私は、Gさんと、彼女と一緒にエキストラ出演した同級生のうちの二人、Hさん、Jさんとすっかり意気投合し、五人で食事をするようになった。

それから何年かのあいだ、卒業してもしばらくは、明学卒男子（四〇男だが）二人と、東大女子三人の五人会が行なわれることになったのである。

Hさんは福井県出身である。GさんとJさんはともに富山県出身で、高校が同じである。

北陸三人娘であった。

いつも五人で食事をした店は、川中の会社のあった五反田の家庭料理店「お台処・そのべ」である。

夫婦で経営している料理店で、川中の会社から徒歩一分足らずのところにある。奥さん、節子さんのつくる料理はなんでもおいしかった。

北陸三人娘と話をしていると、彼女たちは地元ではいずれも幼いころから有名人であったらしい。学力テストの成績優秀者は、地元の新聞に名前が掲載されるのである。

GさんとJさんは、同じ高校出身であるが、高校に入る前から、お互いの名前だけはよく知っていたそうである。だが、とてもライバルには見えず、二人を見ていると仲のよい普通の娘である。

節子さんは、

「三人とも気立てがいいのが、いいね。頭もいいけど、気立てがいいのが一番素敵だね」

と、心底そう言っていた。

彼女たちは二〇歳そこそこの普通の女性なのだが（三人の誕生月は、七月、八月、一

○月である)、一緒にいるととにかくよく食べる。三人ともである。川中と私の倍くらいは食べる。これが何より驚きであった。
そして、わかったことが一つある。

勉強ができるようになるためには、よく食べることが必要条件である。これが、サンプル数は少ないが、私たちが社会統計学的に学んだことである。

三人とも若いのに自分の考えをもった素敵な女性たちであった。しかし、私は彼女たちと話をしていて、よく明治学院の学生だったときのことを思い出した。

明治学院大学にも、当時、北陸三人娘と同じように素敵な女性はたくさんいたのに、私はそのうちの誰一人として楽しく食事をしたり、お酒を飲んだりしたことがない。二三歳くらい年齢が離れている北陸娘たちと違って、私と同年齢だったのに、である。合コンのような場所に参加したのは、入学直後の一回きりである。しかも、私はコークハイで酔いつぶれて寝ていた。一人だけ付き合いたいと思った女性がいたが、何もしなかった。

私は三人娘と楽しい話をしながら、本当に、あの時代に戻りたいとしばしば思っていたのである。

「お台処・そのべ」は、節子さんが六〇歳の若さで亡くなり、その後閉店した。川中と私は、三人娘とは会うことがなくなり、やがて川中の会社は五反田から彼の自宅のある神奈川県大和市の中央林間に移転した。いずれも一〇年くらい前のことである。

名前と番号を逆に書いてしまった――スペイン語テスト

一年生の終わりが近づいてきた。そして最後に、最大の難関が待ちかまえていた。B先生のスペイン語会話のテストである。

私は一年間、スペイン語会話にもっとも力を入れて勉強した。ここでつまずくと、本当に先に進めないからである。

B先生の最後の授業は、到達度を見るペーパーテストであった。会話の授業でも、ペーパーテストがあるのである。

私は夏学期、冬学期を通して、一度も授業を欠席していない。

だが、夏学期の内容はだいぶ忘れてしまっていた。

テストは満足のいくものではなかったが、まあなんとか答案は作成した。これで大丈夫だろうという出来ではあった。

テストが終わり、答案回収のときになって、私は鉛筆を置いてから、あっと息を飲んだ。

「nombre（名前）」の欄に、730173E

「número（番号）」の欄に、Kazuto Ogawa

と書いてある。

もちろん私が書いたのだ。

私の名前が730173E、私の番号（学籍番号）が小川和人になっているのである。逆である。

厳密に考えると、この時点でアウト、○点であろう。

私は進学できない。

今さら書き直すことはできない。鉛筆をもったら、カンニングで失格である。

私はとっさに手を挙げ、B先生が私を見ると、

「Mí nombre（私の名前）」

と言った。

スペイン語会話の授業中は、スペイン語以外は禁止である。

「カスート！」

と、彼女は即答した。

最後まで覚えていてくれたことはうれしいが、そんなことを言っている場合ではない。

「No, no, no.（ちがう、ちがう、ちがう）」

「¿No?（何言ってんの、この人？）」

私にとっては、大学に残れるかどうかの瀬戸際なのである。

「Mí nombre y mí número（私の名前と私の番号）」

逆に書いてしまった、と言おうとして、なんと言っていいかわからなくなった。

なんと言えばいいのか。

私のスペイン語力は、一年間頑張ってやってきても、その程度なのである。

だが、とっさに言葉が出た。

「¡Contrario!（反対の！ 逆の！）」

変なスペイン語なのに、先生は、その時点でわかってくれたようだった。

スペイン語で何か言ったあとで（おそらく、「たいした問題ではないわ」というような意味だったはずである）、日本語厳禁なのに、

「ダイジョウブ」

と言った。

私にはうれしいルール違反であった。

答案を回収して、最後の授業が終わり、学生たちが教室を出ていく。私が教室を出たのは、最後のほうである。

教卓まで行き、B先生に、

「ありがとう。楽しい一年でした」

という意味になるように、知っているかぎりの会話力を駆使して、言った。

彼女は私を見ていた。

私は彼女のお気に入り第二位である。

「カストートはよく頑張ったわ。さよなら」

よく聴きとれなかったが、彼女はそう言ったように、私には思えた。もちろんスペイン語である。

明治学院でやり残したことを、ほんの少しだけ取り戻せたかな、と私は考えていた。

「さよなら」

と私はスペイン語で言った。

「アディオス」

である。

私が今でも覚えているスペイン語は、それくらいである。

だが、一年生の夏学期、冬学期を通して、私は、スペイン語の成績は講読のみB、あとはAの評価をもらうことができた。

B先生とは、その後、二度と会うことはなかった。

彼女は、その年度かぎりで東大をやめて、スペインに帰り、結婚したという噂である。

出席簿に「ハナマル」がついた日――慶休

駒場での一年が終わった。

私が一年間で履修した科目は三六科目、単位は五九単位であったが、結局一つも落とさなかった。

評価は、A（八〇点以上）が二四科目、B（七九～六五点）が一〇科目、C（六四～五〇点）が一科目で、ほかの一科目はレポート提出による「G」（合格）で、点数はない。

レポートを提出したのは私ではなく、妻である。

提出日に私が仕事でどうしても大学に行けず、妻に提出箱に入れてきてもらったのである。

妻が東大の校舎の中に入ったのは、あとにも先にもこれ一回きりであった。

提出箱の場所がよくわからず、受付で訊いたそうである。受付にいた人は、妻のことをなんと思ったのだろうか。

明治学院で、一年生のとき語学の単位が一つもとれなかった不良学生の私でも、やればできたのである。

しかも、大学の日も仕事の日も、家には比較的早く帰れたので、息子たちとの日課の入浴も、ほとんど変わらずこなすことができた。朝三時起きも同様で、スペイン語の予習・復習が日課に加わった。変わったのは、土曜、日曜、祝日に仕事で家にいなくなり、家族で旅行や遠出ができなくなったことくらいである。だが、夜は早く帰った。

二年生になると、スペイン語の授業が週三回から一回になり、英語も週二回から一回に減る。語学の授業数が減り、いくらか楽になった。

しかし、一年生のときリスニングで四苦八苦し、夏学期も冬学期も評価Bだった「英語Ⅰ」は、二年生になってもあと一年間は必修である。私はリスニングの力はなかなか向上しなかったが、授業には一回を除いてすべて出席した。

一度だけ授業を休んだのは、二年生になった五月（夏学期）、妻の妹の結婚式が「英語Ⅰ」の授業とぶつかったからである。

結婚式の前の週、私は授業が終わってから教卓に行き、担当の女性教官に、

「来週は休みます。義理の妹の結婚式なので、慶休です」

教官は、まだ若い女性である。大学院を出たてかな、と私は思った。

「ギリのイモートの結婚式で、ケイキュウねえ？」

大人数の一斉授業だから、教官も学生の顔と名前をいちいち覚えてはいない。

彼女は私の顔を見て、ちょっと考え、出席簿の私の名前のところ、来週の欄に何か

を書きこんだ。

私が覗いてみると、なんとでかいハナマルであった。

「よかったですね」

と彼女はにっこり笑って言った。

その夏学期のみ、私の「英語Ⅰ」の評価はAだった。

「いえ、挑戦ですから」——校正アルバイト

こうして、私にとって難関だったリスニング付きの「英語Ⅰ」も、女性教官のお墨付きのおかげで(?)、なんとかなりそうな気配になった。

そんなとき、一年生のときの私の最大の恩師、「英語Ⅱ」で精読を担当していた先生が、もう二年生のクラスを教えてはいなかったが、私を個人的に食事に誘ってくれた。

場所は京王線明大前駅近くのドイツ料理店である。先生の行きつけの店であった。先生は、当時は明治大学教授である。

私は先生の授業を一緒に受けた北陸三人娘のうちの二人を連れて、平日の昼どきに三人で明大前へ行った。二年生になり、授業が減って、私にもほんの少し時間に余裕ができていた。

そこで先生は、もしやる気があればと言って、私たちにアルバイトをさせてくれたのである。

「今度、精読の授業で使った本の邦訳を出版する。今、下訳ができてきたので、君たちに校正の仕事をお願いしたい。誤字・脱字がないかどうか、日本語としておかしくないかどうか、あと明らかな誤訳がもしあれば指摘してほしい」

私たちは喜んで引き受け、原稿（ゲラ）を受けとった。自分たちの訳と突き合わせるのである。

授業で苦労して訳した小説である。その苦労が活かせるのである。

もしかすると、まったく必要のない仕事だったのかもしれない。

だが、先生は私たちにもう一度、授業で使ったテキストを精読する機会を与えてくれたのであった。

先生は私に、

「郵便局の仕事をしながら、忙しくないかな?」

「いえ、挑戦ですから」

と私は言った。『スティング』のゴンドルフの台詞である。先生はわかってくれたようだった。

先生は、一般論として、若い東大生に苦言を呈することも忘れなかった。

「若い人たちのテストは、みなほぼ満点だ。だが、もちろん君たちのことではないが、なかに訳文がよく似ているのがあった。シケプリを使うのはかまわないが、もっと自分独自の言葉で訳を考えてもらいたかった」

私には、

「小川君の訳文にはいくつか誤訳があった。だが、ほかの人たちと全然違っていた。一人で勉強したのがよくわかった。そこが気に入った。その態度は続けてもらいたい」

私は恥ずかしくて恐縮してしまった。

英語の授業は、たしかに私はシケプリを一切使わず、自分一人で予習・復習をし、試験に臨む。

明治学院でもそうしてきたからだ。というより、私は当時は授業に出たり出なかったりで、シケプリがあったかどうかすら知らない。

だが、スペイン語のほうはまったく自信がないので、二年間、スペイン語クラスの人たちがつくってくれた訳文をもって授業に臨み、シケプリを使ってテストを受けた。

しかも私は、「勤労学生」という理由で、シケプリ担当を免除してもらっている。

だから私には、誉めてもらう資格がない。

しかし、先生には、それは言えなかった。

今、私の家の本棚には、先生のサイン入りの書物がある。先生訳・北陸三人娘と私が校正の一部を担当した短編集である。

ところで、ここでも北陸娘たちは、優秀な頭脳にさらに磨きをかけるために、すごい食欲を見せていた。私はほれぼれとして見ていたが、彼女たちのふだんの食欲のすごさを知らない店の女主人が、見かねて声をかけた。

「あなたたち、いくらなんでも、そんなに注文しても食べきれないわよ。半分にしときなさい」

しかし、彼女たちは、半分にしなくても、あっさりと食べきってしまったのであった。

その翌年、私たちが本郷に進学した年だったと思うが、先生から一通のハガキをいただいた。

私が出した暑中見舞いハガキに対するお返事である。

《小川和人様

残暑お見舞い申しあげます。

お葉書ありがとう。頑張っている様子、目に浮かびます。今年もインディアン論をやっていますが、みなさんほど熱心ではないな。来年は駒場から手を引く予定。今、長野県の追分宿で忙しい毎日です。みなさんによろしく。》

次の年からは、駒場に行っても、もう先生に会えないのである。私は寂しかった。現在（二〇一八年）、先生は明治大学は退職したが、「日本メルヴィル学会」の会長として、ますます活躍中である。

郵政宿舎にやってきた同級生——被験者

このころ、私の一家は西池袋から、徒歩五分足らずの目白郵政宿舎へ引っ越した。2DKの狭い宿舎から、3LDKへの移動である。

宿舎使用料（家賃）は一気に倍以上になったが、小学生の息子が二人いるのである。息子たちに自分の部屋をやっともたせることができた。

この宿舎に招いた東大生は、たった一人であった。

スペイン語クラスのL君である。

彼は教育学（だったと思う）の授業の課題で、子どもの心理テストだかを実施するため、適当な子どもを探していたのである。

二男の健が被験者となった。小学校二年生であった。

リビングダイニングのテーブルで、二人でテストをやっていたが、いつまで経っても終わらない。

別の部屋に避難していた私が見に行くと、あと三〇分以上はかかるということである。

健が飽きないよう、お菓子をテーブルに大量に積み上げ、なんとか最後まで飽きずにテストを終えることができたので、私たちはほっとしたのであった。

L君は最初から最後まで礼儀正しく、挨拶をして帰っていった。説明は難しいが、東大生と聞いて、誰もが「あー、やっぱり」と納得するようなタイプの好青年である。

私とは全然違った。

もう一人の息子、歩も、やはり同じテストの被験者となったが、テストの相手はD君である。

「スポーツ・身体運動」のトラック走で、毎回私とトップを争った学生である。

このときは、妻が家で用事があり、私たち三人は目白駅前の喫茶店でテストを行なうことにした。歩は小学校六年生になっていた。

やはり長時間かかり、喫茶店から何回か追い出されそうになったが、粘った。歩は最後までしっかりテストを受け終わり、私をほっとさせた。

さすがお兄さんである。

二人の息子は、私が不在がちであっても、しっかり成長してくれているようであった。

L君と違って、D君は私と同じタイプである。

東大生というより、高校球児のような感じで、私は妙に親近感をもっていたのである。

頭もスポーツ刈りであった。

年の離れた同級生たちとの付き合い――アフター5

私は大学でも家でも勉強ばかりしていたわけではない。

二年生になり、授業数が減り、空き時間などを利用して、スペイン語クラスの学生たちと食事やカラオケにも何回か行った。

クラスの人たちとも、もうすぐお別れである。

若い人たちは、そんなことは考えていないだろうが、私にとっては、彼らとの出会いは奇跡に近いのである。

少しでも話をしておこう。

男子学生なら一人でも二人でも何人でも。女子なら二人以上。そう決めて声をかけ、クラス五三人全員はとても無理だったが、三分の一くらいの人たちとは食事やカラオケに行ったはずである。

「N亭」という、渋谷のおしゃれな焼き鳥店に男女学生六、七人と一緒に入ったときは、失敗であった。

焼き鳥が一串七〇〇円かそれ以上もするのである。

私以外、みな食べ盛りの大学生である。フトコロが心配であまり注文できず、ほうほうの態で店を出た。結局、若い学生たちにもいくらかずつお金を払わせてしまった。私以外のメンバーは空腹が満たされず、私と別れたあと、全員でラーメンを食べに行ったそうである。

「印哲」に進むことを決意――進振り

私の履修科目も、二年生になり必修科目が大幅に減った分、選択の幅が広がった。そして、ここで待ちかまえていたのが、本郷進学を見据えた、専門科目の先取り授業と、進学振分け（進振り）である。

進学振分けとは、「履修の手引き」によれば、第三学期（二年生の夏学期）の終了した時点で、学生の希望と、それまでの学生の学修成績によって、学部・学科等の進学単位ごとに定められた人数になるまで学生の進学先を内定させる手続きのことである。

つまり、二年生の夏学期までの成績をもとに、希望する進学先（学部、学科、コース、専修課程）への「志望届」を出す。競争率が高いと、それまでの成績によっては落とされてしまい、改めて希望を出し直さなければならない、ということである。

私のいる文科Ⅲ類からは、原則として、文学部、教育学部、教養学部後期課程のどれかに進学する。人気のある学部・学科は、第三学期までに高い平均点をとっていないと進学振分けで落とされてしまうのである。

私の平均点は八〇点台後半、九〇点近くであった。

人気の高い教養学部の後期課程に進学するのは、学科・コースによってはこの点数では全然無理であった。私は大学でも家でも、おまけに郵便局の昼休みも一生懸命に勉強したが、それでも入ることすらできない学科がたくさんあるのである。

さいわい、私が希望している文学部の思想・哲学系の学科・課程は、なんとかなりそうであった。

一年生のはじめに履修登録をすませてスペイン語クラスに入ったときに、じつは私は大きな決断をしていたのである。

「履修の手引き」をよく読むと、文学部の哲学専修課程には、「要望科目」として「ドイツ語またはフランス語、その他ギリシャ語またはラテン語」と書かれている。

つまり、駒場にいるあいだに、これらの科目の履修が要望されているわけである。

私は、これらの要望科目を、一年生のときに一つも履修しなかった。「哲学」をしたいと思って東大に入ったのだが、私は特に哲学専修課程に入ることは考えていなかったのである。

私は「哲学」を勉強したいのではなく、「哲学」がしたいのである。

私が知りたい、学びたいと思っているのは、私は今何をしたらよいのか、あのとき何をすればよかったのか、これから何をしてどう生きていけばいいのか、ということである。

四〇年以上生きてきたが、私は自分勝手で、中途半端な人間である。

何かをするとき、いつも悩み、逡巡し、立ちすくんでしまう。あとでああすればよかったこうすればよかったと後悔する。そのくせ、ときとして他人の意見は聞かず、一人でさっさと決断してしまったりするのである。

そんな人間が、これからどう生きていけばいいのか、私はそれを知りたいのである。知りたいのは、それだけである。

それを私は、「哲学」と考えている。

私は「現代哲学」や「現代思想」にはまったく興味がない。今ではだいぶ考えが変わっているが、そのころの私には、ただ言葉遊びをしている奇怪な学問としか思えなかったのである。

私の興味は、もっとずっと古い時代、ギリシャのソクラテスやプラトン、アリストテレス、インドの仏教や、それを生んだインド古代思想のほうにあった。そこには、私の「生き方」のヒントになることがたくさんありそうだった。

私は、「西洋古典学」「インド哲学仏教学」専修課程のどちらかに進学しようと考えていた。

二年生になり、駒場で取得しなければならない単位は、英語とスペイン語を除けば、あまり残っていなかったので、本郷に進学したあとのことを見据えて時間割を組むことができる。

開講科目の一覧を見ると、ギリシャ語、ラテン語、サンスクリット語（インドの古典語）は、どれも履修可能である。しかし、駒場で私が受講できる西洋古典学の専門講義はない。一方、インド哲学仏教学では、「古典語初級・サンスクリット語（Ⅰ）」「サンスクリット語（Ⅱ）」という授業が駒場で通年開講されるだけでなく、「インド哲学概論」の授業が冬学期に本郷で受けられることになっていた。

私は、年齢的に、少し急いでいる。この時点で、私の心は決まった。インド哲学仏教学である。

私は二年生の春からサンスクリット語を学び、本郷ではインド哲学仏教学専修課程（略称、印哲《いんてつ》）に進むことに、このとき決めたのである。

専門科目も二年生で多少は履修できるため、文学部の「国文学概論」「社会学史概説」などの六講義を、自分の興味に合わせて冬学期に履修することにしたのであった。

難行苦行にあえて挑戦――サンスクリット語

サンスクリット語の勉強など、もちろん私は生まれてはじめてである。

夏学期は、「英語Ⅰ」「スペイン語講読」にサンスクリット語の初歩の勉強が加わったが、授業数が減り、私はサンスクリット語の修得に集中することができた。

サンスクリット語は、インドの古典語であり、「梵語《ぼんご》」とも呼ばれる。インド＝ヨーロッパ語族の言語で、ラテン語などとも源が同じである。

少数ではあるが、今でもインドではサンスクリット語を話す人びとがいるそうである。

私はこの言葉の修得に、二年生から四年生までの三年間をまるまる費すことになった。

二年生のときの駒場でのサンスクリット語の先生は、C教授であった。本郷から週一回、駒場に出張授業できていた。

最初の授業のとき、誰もいないのだろうと思って教室のドアを開けると、すでにびっくりするほどの人の数であった。三〇人くらいはいる。サンスクリット語を学ぼうとする学生は、駒場だけでもこんなにいるのである。

教室の前のドアを開けてすぐの、隅の列の前から二番目が空いていたので、私はそこに座った。そしてなぜか、席は自由なのだが、最後の回までその席が私の定位置、指定席になった。

私の前に座っていたのは、私よりあきらかに年上と思われる男性である。こんな人がいるのだ、と私は驚いた。駒場の学生だろうか。あるいは、学士入学で入り、駒場には語学のためにきているのだろうか。

その男性も、最後の回の一回前の授業まで、そこが指定席だった。ところが最終回、評価テストの日だけ、彼はこなかった。

あとで聞いたところ、彼は学生ではなく、語学マニアの聴講生で、アジアの言葉をいろいろと勉強している人だとのことであった。

大学には、いろいろな人が勉強にくるのである。

C教授は授業では市販の文法書のほか、自家製のプリントを使用し、サンスクリット語のイロハから、はじめはインドの文字（デーヴァナーガリー）ではなく、アルファベットのみを使って指導してくれた。

もともと理科系志望で、インド哲学の論理学派の研究が専門である。のちに本郷でデーヴァナーガリーを使うようになると、私は学習ノートの作り方までC教授に指導してもらった。

東大教授にそこまで手とり足とり教えてもらった学生はそうはいないだろうと、それが私の自慢の種である。

結局、私はC教授には駒場で一年間、本郷で二年間、さらに卒業後も半年ほど授業（演習）に参加させていただいた。私の東大での最大の恩師である。

私は、C教授にサンスクリット語の手ほどきを受けたあと、本郷でインド哲学の古典を次々と教えていただくことになるが、それはまたのちの話である。

サンスクリット語は、ハリソン・フォード主演の映画『レイダース』や『インディ・ジョーンズ』シリーズなどでもお馴染みの、蛇がのたくったような文字で書かれた言葉である。これが「デーヴァナーガリー」で、このデーヴァナーガリーの一つひとつに対応してアルファベット表記が可能である。

以下の手順は、すべてC教授直伝のノートの作り方である。

大学ノートを開き、左右両ページを見開きで一つの単位として、まずデーヴァナーガリーを左から右に書いていく。

その下に、デーヴァナーガリーに対応するアルファベットを書き入れていく。

さらにその下に、辞書で調べたその言葉のもともとの形や、性・格・数・時制・語根などを書きこんでいき、最後に意味を英語で書く。

英語で意味を書くのは、私が使っているのが梵英辞書（サンスクリット・英語の辞書）だからである。

そこまでやってはじめて、文章の意味を日本語でノートに書き入れていくのである。これはC教授が大学の学部生だったときに実践していたノートの作り方であり、私もこの方法で、サンスクリット語の単文や基本文献を読みながら、少しずつ覚えていったのである。

しかも、このノートの作り方は、復習のときに絶大な効果を発揮した。一目で、文章全体の構成と意味がわかるのだ。

模倣は上達の近道である。

しかし、じつは、このノートの作り方は、私が中学校時代に数学の恩師のアドバイスを受けて考えだしたノートの作り方と、大変よく似ていたのである。

私も中学校のときから（特に数学で）、ノートはかならず見開き一つを単位に使用した。左ページ上に問題文や問題の式を書き、その下に自分で考えた計算式や式の展開を書いていき、最後に答えを書く。正解や先生の解説は、すべて右のページに（赤で）書きこんでいくのである。

ノートが白紙の部分だらけで無駄に使ってもいいのである。私は書き終えたノートを何冊も積み上げて、本当はいくらもやってないのに、「ずいぶん勉強したなー」と喜んでいたものである。

こうやってノートをとると、宿題、授業、宿題の復習と、一瞬で全体がわかり、一目瞭然、頭にすっと入ってくるのである。

私は自分のノートの作成法が間違ってなかったと確認できたようで、うれしかった。サンスクリット語を学ぶ「語学の天才」と呼ばれるような人たちに一歩でも近づくために、私ももっと頑張らなければ。だが、語学が苦手な私には、それは大変な難コースであった。

「驚くなよ。この人、いま東大生なんだぞ」――郵便局の同僚

夏学期が終わり、冬学期（第四学期）がはじまった。私は希望どおり印哲に進学できそうである。

冬学期には、文学部の専門科目が、「先取り授業」として、二年生の受講を認められている。私は夏学期には大学には週三日程度しかきてなかったので、郵便局の休暇をあまり使っていない。かなり大学にくることができる。

職場でも、みな私のために苦労して大変な思いで仕事をしているのに、私を応援して優しく接してくれ、人間関係はきわめて良好だった。

もちろん私も、在学中、一日仕事にきている日には、遅番（速達配達）の人の仕事

量が多かったときなど、自分の仕事が終わってから、夕方志願して遅番の手伝いに出ていたことはいうまでもない。

特にスネークス（野球部）の人たちは、監督のM班長のもと、みな私の味方である。あるとき、配達前にガソリンを満タンにしようと、郵便局が契約しているガソリンスタンドに行ったところ、同じ班のKさんがいる。以前、私が代わりに試合に出た人である。Kさんは班の中心的人物、ムードメーカーである。

彼はスタンドの主人が給油しにくると、私を指さした。

「驚くなよ。この人、東大に受かって、いま東大生なんだぞ」

主人は、ちらっと見て、忙しそうに、

「あー、はいはい。よかったよかった。はい。給油終わり」

と言って、そそくさと行ってしまった。

Kさんは私と顔を見合わせた。

「あの人、全然信じてないな」

「ですね」

ともあれ、私は多くの人たちのおかげで、引きつづき大学に思うように通えていたのである。

仕事と学業を両立させる工夫――時間割

冬学期は、週四日大学に通うことに決めた。
そして、以下のように、一週間の授業を組んだのである。

月曜　一限　人類学概論Ⅰ
　　　二限　考古学概論Ⅰ
火曜　（休み）
水曜　一限　スペイン語
　　　三限　英語Ⅰ
　　　四限　生活とアメニティの科学
木曜　一限　子ども・学校・社会
　　　二限　サンスクリット語（Ⅱ）
　　　三限　社会教育論Ⅰ
　　　（ここで、電車で本郷へ移動）
　　　五限　思想・芸術一般
　　　　　（インド哲学概論）

金曜　一限　社会学史概説
　　　二限　（一限の続き）
　　　三限　環境と景観の生物学
　　　四限　国文学概論

月曜の午後と火曜、そして土曜、日曜は、もちろん仕事である。

私は早寝早起きである。なんといっても、ずっと夜九時に寝て、早朝三時に起きていたのだ。早く大学に行って、早く家に帰る。帰れば、家族が待っている。

自分の興味も考えながら、できるかぎり自分の生活スタイルも貫こうとした、苦心の時間割である。

「概説」とは何か——社会学史概説

私は明治学院大学社会学部社会学科を卒業しているから、社会学士である。

金曜日一、二限の「社会学史概説」は楽しみであった。

朝から二コマ、続けて授業を受けられるのである。二コマ話しつづけるほうは大変だが、聞いているほうは楽である。つまらなければ寝ていればよいのである。

しかし、寝なかった。

この「社会学史概説」の担当教授は、私の記憶に間違いなければ、都立両国高校出身のはずである。授業中、先生が自分で言っていた。私は都立小松川高校だが、学校群制度の時代に入っていたので、都立両国、都立墨田川、都立小松川の三校同時受験である。一まわり以上年上のこの先生は、単独志願で両国高校に入ったはずであった。

下町出身の私は、それだけで親近感を抱き、うれしくなっていた。

自分が昔、第一志望の両国高校に入れず、ずっと「両国コンプレックス」をもっていたことなどすっかり忘れてしまった。

授業もスピード感あふれる素晴らしいものであった。

社会学「史」の「概説」という授業の性格上、コントからはじまって次から次へと社会学の歴史が展開されていく。しかも、社会学なのにヘーゲルまで出てくる。ヘーゲルは、私を「論文Ⅱ」で東大合格に導いた恩人である。

この先生の社会学・社会思想に対する射程の広さと該博な知識に、私は圧倒されてしまった。

授業では、出席票代わりか、最後に小レポートを書かせ、翌週（だったと思うが）提出させる。私は何回目かの授業のあと、次のようなレポートを提出した。

「私は両国高校の近く、小松川高校出身、明治学院大学社会学部社会学科卒の、社会学士です。現在、二度目の大学生活をしております。

アカデミックで、かつスピード感、緊迫感あふれる講義を毎週くり広げていただき、本当に感謝しております。社会学の楽しさを、この授業で再確認することができました。

駒場で、楽しいながらも一面ぬるま湯の中のような生活をしていますが、本郷に行けばこんなに素晴らしい授業に毎週出会えるのだと、身が引き締まる思いです。私は社会学専修課程には進学しませんが、先生の講義はできるかぎり聴講させていただきたいと思っております」

こんな歯の浮くような小レポートを提出したところ、翌週、授業中に先生に紹介されたのである。

ただ、先生もさすがに歯の浮くような部分は割愛し、読み上げたのは、「楽しいながらも一面」から、「身が引き締まる思いです」の部分だけであった。

だが、翌年からはもちろん印哲の勉強が忙しく、この先生の授業を聴講することはなかった。

そして、ここでも私は、「社会学専修課程」に進学内定していたスペイン語クラスの同級生をさしおいて、評価「優」をとってしまった。

私は進学先の選択を誤ったかなと思ったが、考えてみれば、もともと二〇年近くも前に「社会学士」になっているのだ。

できて当たり前である。

この社会学の先生はバランス感覚にすぐれた人であった。

私のレポートの一部を読み上げたあと、すぐに、今度は正反対の意見のレポートを紹介するのを忘れなかった。こんな内容であった。

「この授業は、専門科目の先取り授業のはずです。文学部の科目です。ですが、内容は社会学史の上っ面だけの紹介を猛スピードでしているだけです。文学部の授業として、もっと掘り下げた話が聴きたかった。本郷に行ったら、もっと内容のある授業を受けたいと思います」

ふーむ。こういう考え方もあるのか。なるほど。

こんな意見を紹介する先生も偉いが、難しいことを考える学生もいるものである。さすが東大。

でも、この授業は「概説」だからなあ。

私は、「概説」とか「概論」というものは、あまり深いレベルまで掘り下げるものではないと思っていた。初学者でもよくわかるための導入部ではないのか。

間違っていた。

あったのである。「概論」であって初学者でもよくわかるものでありながら、どこまでも深く、深く、深く掘り進んでいく授業が。

それまでに受けたどんな授業よりも感動した授業である。
それはD助教授（当時）の「インド哲学概論」の授業であった。

「インド哲学概論」の豊饒な世界――D助教授

「インド哲学概論」は、木曜日の五限。文学部の「思想・芸術一般」という科目名になっていた。本郷の授業だから、午後四時五〇分から六時三〇分までである（当時は同じ東大でありながら、駒場と本郷では授業の時間帯が違っていたのである）。

木曜日は駒場で一、二、三限の授業を受け、午後二時三〇分に終わってから、電車で本郷に移動することにした。ルートは、京王井の頭線で駒場東大前から渋谷に出て、銀座線で赤坂見附へ。そこから丸ノ内線で本郷三丁目である。

駒場で一服しても、楽に間に合う。

本郷の授業を受けても、目白の家には七時ちょっと過ぎには帰ることができる。家族にもそれほど迷惑はかけずにすんだ（はずである）。

受講者は、この年はわずか五、六人であった。

「概論」だから、どの概説書にも書いてあるような内容であるはずだが、すでに数冊の概説書を読んで少しはわかった気になっていた私を嘲笑《あざわら》うかのように、D助教授は一つのキーワードを深く、どこまでも深く掘り下げ、掘り進んでいく。しかも学生が少ないから、一人ひとりに語りかけるようである。

キーワードの一つは、インドの「時間」だった。

私もまた、いつのまにか、心は古代インドの循環する時間の中をさまよう「時の旅人」だった。

冬学期の五限は、急速に外が暗くなっていく時間である。しだいに暗闇が教室に忍びこんでくるにしたがって、D助教授の書いたボード（黒板）の文字が、ひとりでに浮き上がり、踊り出すように思えてくる。授業のあいだじゅう、私は興奮の連続だった。すぐれた研究者（先生）は、対象の世界の底まで下りていくことができるのだ。そこから、誰かが言っているように、「知の炭坑夫」になるのであろう、と私は思った。

「インド哲学概論」の授業が終わると、外はまっ暗である。

私は家に帰ってからも、「供犠《くぎ》」「火葬」「輪廻《りんね》」「沙門《しゃもん》」などといった、授業に出てきた言葉が頭の中をぐるぐる廻っているような状態であった。いずれも、日本人の精神にも深く入りこんでいる言葉で、そこには豊饒な世界があり、豊饒な授業であった。

だが私には、この授業を担当していたD助教授に対してアドバンテージが一つだけあった。

年上だということである。私はD助教授より、一つだけ年上であった。

年が下だったらとてもできないことだが、私は友人のような態度でD助教授からいろいろな話を聞くことができた。そして、思わぬところで、話が弾むことになった。D助教授が東大ボクシング部の部員だったことがわかったのである。

「ええーっ。ボ、ボクシング部ですか」

「どど、どうしたんですか」

「私は明治学院大学のボクシング部（同好会）出身です」

東大は当時、関東大学リーグ三部、明治学院は五部である。

東大は強かったので、私は当時よく東大の選手の試合を、どんな試合をするんだろうと思って見ていた。

先生の名前は私の記憶にはなかった。だが、何人かの名前が頭に甦ってきた。

「たしか私より三つくらい学年が上で、ライト級（六〇キロ級）で日本ランキングに入った人がいましたね。Nさんという」

「いた。よく知ってますね」

「赤門のロッキーと新聞にも出てました。強い人だった」

N選手が東京都ライト級チャンピオンになった試合は、この目で見た。相手は自衛隊体育学校の強い選手だった。一九七六年（昭和五一）ごろの話である。その翌年（?）、プロの誘いを断って卒業、就職したときに、たしかマスコミにも取り上げられていたはずである。

赤門のロッキー。

そういえば私も、彼とはレベルが違うが、「明学のジョー」と言われたことがあったなあ。

「一つ下だったと思いますが、Pというフライ級の選手も騒がれましたね」

「いたいた。本当によく知ってますね」

「やっぱり新聞に、赤門のロッキーと紹介されていました。ロッキーの大安売りでしたね」

P選手は、たしか四年間で一回しか負けていない。その負けた試合、青山学院大学の選手との試合を、私はこの目で見た。青山学院の選手たちは、明治学院とは馴染みが深く、当時私はよく知っていたのである。青山学院も、やはり三部リーグで、強い大学である。

「マスコミには騒がれなかったみたいだけど、同学年か一つ下かで、Qというバンタム級の選手がいて、私はこの選手がじつは東大で一番強いと思っていました」

「彼のことを知ってる？　小川さん、すごすぎですよ」

「スピードがあって、パンチも強く、すごい選手に見えました。関西出身で、他大学を中退して東大に入り直したとか聞いたことがあります。大きい大会に出なかったのかな。出ればよかったのに。あのころ、東大ボクシング部は本当に強かった」

今も強いのである。

東大生だから、みな頭を使ったスマートなボクシングをするのかと思えば、そうではない。前述の三人はスマートなボクシングをする選手だったが、全体的には「クソ根性」のあるボクシングをするのである。

根性がないと、東大生にはなれないのであろう。

……では、私にも根性があるのだろうか。

ボクシングをやっていたころ、私はしょっちゅう倒れていた。ノックアウトされて失神までした。だから私は、「東大流」とは全然違う。東大ボクシング部は、自分が東大生になってみても「身内」という感じはしない。

私が身内・仲間と感じるのは、明治学院大学ボクシング部だけなのである。当時のことは、次から次へと記憶が甦ってくる。ボクシングを一緒にやり、ともに同じ時代を過ごした仲間たちの思い出である。

そして、もう一人。

四月から、私は文学部の三年生として本郷に進学する。

本郷。

「本郷」という地名を聞くと、私は二〇年以上昔のあのとき、一人の女性のことを思い出す。彼女は今、何をしているのだろう。

私は、時計の針が一気に二〇年以上巻き戻ったかのように、過去への旅に出た。そこは一九七〇年代の東京であった。

もう二度と取り戻すことのできない、懐かしい世界である。

第3章　白金台

二〇歳の明学生——浪人・闘病生活

私は二年浪人して、二〇歳のときに明治学院大学社会学部社会学科に入学した。その二年間は、病《やまい》との闘いだった。

現役のときに受験したのは、早稲田大学第一文学部だけだった。受かると思っていたのである。試験当日は寒い日で、私は実力は出しきったが、落ちてしまった。

浪人生活がはじまったのである。

ところが、予備校に通いはじめてしばらくすると、突然眩暈《めまい》がして目の前がまっ暗になることが何回もあり、ある朝コカ・コーラのような尿が出た。

血尿であった。

私は血尿がコカ・コーラの色をしているとは知らなかったので、何が出たのかわからなかった。

近くの医者に診てもらうと、血圧が二〇〇近くあり腎臓の病気と言われ、大きい病院に移され即入院ということになったのである。

診断は急性腎炎であった。

私はそのころ、浪人して予備校にまで通わせてもらったのだから、来年は綱渡りのような単独（一校）受験ではなく、ほかの大学や学部もいくつか受けてみようと考え、受験勉強がようやく軌道に乗ったところだった。

大学には行くと決めたのだ。私はやっとエンジンがかかったのである。

時間はたっぷりある、と思っていた。

私は、早稲田大学第一文学部が第一志望だが、ほかの私立大学も受け、さらに受験科目を増やして、当時五教科入試が必須だった国（公）立大学も受験しようと考えていた。

国公立大学の受験先としては、早稲田の一文（第一文学部）と同様、入学してから専攻を決めることができる（というより、前半二年間は教養学部で教育を受けることができる）東京大学がなんといっても私の理想だが、当時の私の成績では東大はかなり厳しかった。のちの『ドラゴン桜』もまっ青である。

しかし私は、都立小松川高校出身である。

元・女子校で、私の同期生たちも女子のほうが男子より多かった小松川高校は、近所にある超一流進学校の両国高校とはかなり雰囲気が違うが、伝統的に真面目でコツコツ勉強する校風だった。その校風の中で、私も、理科も数学も苦手でわからないながらも、授業で一生懸命先生の話を聞き、サボらず勉強していたのである。時間をかけて頑張れば、もしかしたらなんとかなるかもしれない。

私はそう信じていた。

だから、私は病気で寝ている場合ではなかった。

早くよくなって退院しなければならなかった。


だが、血尿は医者が首を捻るほど何か月も止まらなかった。

採尿室に置かれていた何リットルも入る私の採尿ビンは、いつもどぎついコカ・コーラ色だったのである。やっと薄い色になったと思ったら、また濃くなる。そのくり返しだった。

四か月半の入院。

退院後も、一年以上自宅療養で、本を読むことは許されたが、数か月のあいだは外出は一日一回の散歩だけに制限されてしまった。テレビもはじめのうちは興奮して疲れるからダメ、と言われた。

本とラジオの生活になったのである。

受験勉強は、気持ちを集中させるとひどく疲れてしまうという理由で、やめてしまった。

完治して退院したのではなく、いつまでも血尿と尿タンパクが出たり出なかったりするので自宅療養、となったからである。食事も、私一人は別メニュー、減塩醤油だった。

浪人の一年目は受験勉強ができず、当然受験もしなかった。

理科と数学の受験勉強は、私はもうあきらめてしまった。私立大学だってどうなるかわからないのだ。東大のことなど、もう思い出すこともなかったのである。

二浪目に入るとようやく血尿が出なくなった。

医者からも今までどおりの生活に戻ってもよいとの許可が出た。ただし、激しい運動は禁止、定期的に通院して検査し、薬を飲むこと、という条件であった。

期間はたぶん、一生。だが、私にはやりたいことがあったのだ。

恐る恐る、

「僕はボクシングをやりたいんですが。できますか?」

「ボクシング? 話をちゃんと聞いてたか。死にたいのかな」

死にたくはなかった。話もちゃんと聞いていた。

「指示を守らないと、どうなりますか」

「早死にするよ」

「でも、僕はピンピンしてます。もう大丈夫です」

「腎臓は、自覚症状が出ないから恐いんだ。沈黙の臓器、という言葉を知ってるか。やったら、死ぬよ」

私は翌年、大学に合格してから、この指示をすべて破った。

二年目の浪人生活に入って、私は勉強したい学問が決まった。社会学である。そして、志望校として、明治学院大学を目ざすことにした。当時、社会学部社会学科がある大学は、明学のほか、そんなに多くなかったのである。

最初の受験から二年後、私は二年前のリベンジに燃え早稲田大学第一文学部も受験したが、再び不合格であった。

私はすっかり早稲田には嫌われてしまった。

早稲田に合格しても行かずに明学に入る、という私のカッコいい計画は、返り討ちというカッコ悪い結果になってしまったのである。

しかし、明治学院大学社会学部社会学科には運よく合格することができ、私の二年間の受験と闘病の生活は終わった。

一九七六年（昭和五一）である。

ボクシング漬けだった毎日――学業放棄

私がボクシングをはじめた動機は、大きく二つある。

一つは、高校生のときにアルベール・カミュの小説『異邦人』を読んだからである。

だが、これについてはずっとあと、この物語の最後のほうで話したいと思う。

もう一つは、腎臓を悪くして入院中に、病室のテレビで見たボクシングの試合のためである。

「キンシャサの奇跡」と呼ばれた試合がある。

一九七四年（昭和四九）、「ベトナム反戦の英雄」といわれたプロボクサーのモハメド・アリと、若き無敗のチャンピオン、ジョージ・フォアマンが、ザイール（現在はコンゴ民主共和国）の首都キンシャサで戦った試合のことである。

この試合でモハメド・アリは、途中で形勢不利と見て戦法を変え、力ではなく頭脳戦を挑んで勝ち、徴兵拒否のために奪われたチャンピオンの座に返り咲いたのである。

私はこの試合を見て、ボクシングは芸術だと思った。

「一対一で、まったく平等な条件で、しかも自分の命さえ危険にさらしながら」、恐怖を乗り越え、知恵と勇気を競い合い、戦術を尽くして戦うキング・オブ・スポーツだと信じたのである。

負けたフォアマンも、一度引退しキリスト教の牧師（！）になったのち、カムバックし、ボクシングスタイルを変え殴られないボクサーになった。そして四〇代半ばになって、再びチャンピオンになったのだが、これは後年の話である。

一度や二度の挫折にも負けない。年齢にも負けない。二人ともすごい人たちなのである。

私はアリが王座に返り咲いた試合をテレビで見て、不覚にも涙が出た。

私は不器用な人間である。本気で何かをはじめると、ほかのことが見えない。だから、私は、ボクシングをはじめると決めた以上、練習だけは誰にも負けずにしたのである。

大学合格が決まると、入学前の三月から私は医者に通うのをやめてしまい、最初は水道橋にある田辺ボクシングジムに入門し、練習をはじめた。目で見るかぎりでは、もう血尿は出ていなかったし、私は元気だった。

四月に大学に入学すると、さらに自分から体育会ボクシング同好会に入部を希望し、入った。

大学とジム、二か所で練習をはじめたのは、いつまた運動を禁止されるかもしれないと思い、生き急いでいたのである。

しかし、私のヤワな身体にはきつすぎた。ほかの人たちにはできても、私には学業とボクシングの練習の両立は、できなかったのである。


私が毎日授業に出て学業に励んでいたのは、最初の二か月だけだった。

私は二か月後、自分から志願して出たデビュー戦で負け意識不明となり、救急車で病院に運ばれた。そのあと、首から上、左顔面に違和感が残り、顔の左側が思うように動かなくなった。人と話をするのが苦痛になった。医者には行きたくなかったので、行かなかった。だが、たった二か月で、「闘病」生活に逆戻りしてしまった。

みな、私はやめると思ったようだが、逆だった。私は負けて、本当にやる気になったのである。そして、学業とボクシング、二つを秤にかけて、ボクシングをとった。そして、学業を、特に語学を、捨ててしまった。

六月から、私は語学（英語、ドイツ語）の授業には、まったく出なくなった。

「講読」も、「文法」も、「会話」も、予習も復習も、全部まとめて捨ててしまったのである。

「私はなんでも知ってるよ」——M子

ボクシングの練習に打ちこみ、大学の語学の授業にまったく出なくなったころ、社会学科の語学クラスで私が何度か話をしたという記憶があるのは、ごくわずかしかいない。

一人は、Oという男である。彼はマンドリンをやっていて、軽音楽のサークルに入っていた。いつもにこにこと私の話を聞いてくれ、たった一度だけ行ったコンパで私が酔いつぶれて寝てしまったとき、東京郊外の自宅まで連れていって泊まらせてくれた。見るからに誠実そうだった。

私は彼とは友人になりたいと思っていたが、その後授業に出なくなってまったく会わなくなった。

もう一人が、M子さんである。社会学科のクラスの友人がいなくなってしまったとき、ただ一人、ときどき私の話し相手になってくれていた女性である。

「君、〇〇（彼女の名字）だろ？」

入学式のあと、最初の授業から一週間ほど経ったとき、私は都営地下鉄の高輪台駅から大学へと歩きながら、前を歩く女の子に声をかけた。

雨の中、さしている傘から覗きこむように話しかけると、彼女はびっくりして私を見たが返事をしなかった。

それがＭ子である。

社会学科の語学（英語）クラスの最初の授業のとき、クラスメイトたちの自己紹介の挨拶を聞き、私は彼女一人に目をつけていたのだが、彼女には私の印象がまるでなかったらしい。

不審者を見る目つきであった。

入学当初は私も体調がよく、自分がアルベール・カミュやハンフリー・ボガートのように「いい男」だと自惚《うぬぼ》れていたので、無視されて少しがっかりであった。

自己紹介で、彼女が、

「〇〇（名字）と呼び捨てにしてください」

と言ったのを覚えていたので、そのとおり呼び捨てにしたのだが、それも悪かったのかもしれない。

さらに、私はすでにボクシング同好会に入部していて、都心の大学生らしからぬ学生服姿である。白金台や高輪台を歩くには、「ダサイ」のである。おまけに、明治学院ではなく、母校・小松川高校のボタンまで付けている。第二ボタンもなくなっていない。大学の外であるし、ふけた高校生と思ったのかもしれない。

「印象がない」「いきなり呼び捨て」「ダサイ」の三重苦の状態では、いくら私がいい男でも警戒するなというほうが無理である。

私がほとんど一人でしゃべりつづけ、彼女はほとんど無視しつづけた。

大学構内に入ると、チャペルを過ぎて、私はボクシングの練習場のある体育館（卓球場）のほうへ、左へ曲がって下りていった。彼女は私をふり返らず、まっすぐ歩いていった。

そんなつもりではなかったのに、これではどう見ても「ナンパ失敗」の典型例である。

練習のあと、クラスの授業がある教室に入ると、最前列近くに彼女が座っている。私が笑いかけると、彼女も私に気づいてなんとかうなずいてくれた。

彼女はもうこのときのことを覚えていないかもしれない。だが、これがM子との「運命的な出会い」であった。

そのあと、なぜかクラス変更があり、彼女とは別のクラスになってしまった。

次に彼女に会ったのは、京急蒲田駅から大田区体育館へと続く路上であった。同じ大学の学生なのに、会うのは学外の路上ばかりである。大田区体育館は、当時は明治学院大学の体育実技の授業が行なわれていたところである。

都心の一等地にキャンパスを構える明治学院には、自前で体育実技を行なうスペース・施設がなかった（ようである）。

駅から体育館へと一人で歩いていると、向こうからM子が何人かの連れの学生たちと一緒に歩いてきた。すれ違うとき、私はどうせまた無視されるだろうと、挨拶しようかどうかためらっていた。しかし、そばまでくると、彼女は私を見ていた。そして、はっきりとうなずいた。その目は燃えるようだった。私が目をつけたとおり、すごくきれいな女の子であった。

それから、私たちはときどき大学から一緒に帰るようになった。

だが、ただ一緒に帰っただけである。私はいつも練習で疲れていたし、二人とも都営地下鉄を使って通学していたため、ときどき途中まで一緒に帰って話をしただけである。

話の内容も、

「バスケットボールをやってたの」

「それにしちゃ、背は高くないね。何センチ？」

「一五八……」

「普通だなー」

とか、

「バスケットで膝を怪我して、ときどき膝が抜けるの。それで今はスポーツは何もし

「てない」

「ふーん」

脱臼グセである。サポーターをしてるのか。だからいつもパンツ（ズボン）スタイルなんだな。

あるいは、私が野球をやっていたと言うと、

「社会学科で野球チームをつくったの。アップルズ。人が少ないから、入って」

「ボクシングだけで毎日クタクタ。いっぱいいっぱい。野球までやったら、死ぬ」

語学クラスの男女何人かのコンパにたった一度だけ出て、そこで私がコークハイで酔いつぶれ、クラスメイト○の家に連れていかれて泊まったことなど、みっともなくて知っていてほしくないことまで、なぜかいろいろと知っていたので、

「ええっ。なんでそんなことまで知ってるんだ」

「私はなんでも知ってるよ」

「そんなバカな」

少しは私に興味がありそうなのはうれしいことである。だが、こんなバカな話ばかりで、それ以上でも以下でもなかった。

彼女は途中駅、三田で乗り換えていく。そこでお別れである。

私はそこから先、彼女と一緒だったことは一度もない。

私は江戸橋（日本橋）まで行き、日本橋で営団地下鉄東西線に乗り換えて葛西で降り、足腰を鍛えるためとバス代節約のため、自宅まで約一時間てくてく歩く。

一人ぼっちである。

ときにボクシングのことや、M子のことを考えながら歩くが、いつもというわけではない。たいていは練習で疲れきっているので、何も考えない。私の頭の中はからっぽである。

六月の試合以降は特に、私は少し話をするとすぐ疲れてうまく話せなくなるので、一緒に帰ってもあまり話さない。それでも彼女は嫌がる様子もなく一緒に帰ってくれたのである。

だが、それだけだった。

やり残したこと――語学クラス

私は、大学にはボクシングの練習のためだけにきているようなものだった。

授業に出席していたのは、全学部共通の必修科目である「基督教概論」のほか、「社会学原論」「社会調査」など、社会学科の必修科目のうちのいくつかだけであった。

しかも、大教室の授業ではいつも寝ていた。二年間、病気療養のためほとんど身体を動かさなかったのだ。体力がなさすぎたのである。

ボクシングをやめようと思ったことは一度もなかった。私はボクシングが本当に好きになっていたし、ボクシング同好会の同期生や上級生たちとは、とてもうまくいっていたのである。

私はここでも、素晴らしい仲間たちには恵まれていたのである。

私は、子どものころから『巨人の星』や『あしたのジョー』に感動していた世代の人間である。しかも、いつもまっ暗になるまで野球ばかりやっていた、野球少年である。

「スポ根」ドラマのように、どんどん練習量を増やしていった。

大学の練習が休みのときは、ジムに通って練習した。ジムは、最初に入った田辺ジムには行かなくなり、大学の先輩が紹介してくれた渋谷のジムに通うようになっていた。

それが一年以上続いた。

一年生のとき、私が取得した語学の単位は〇（ゼロ）だった。

そんな、明治学院大学ボクシング学部（?）の学生だったころ、私はボクシングを通じて、一人の素晴らしい東大生を知ったのである。

東京都選手権という大会がある。

毎年行なわれる全日本選手権大会の予選であるが、ローカル（地域）チャンピオンを決める大会でもある。

この大会で、私ははじめて東大のN選手を見たのである。

私は六月の試合で負けたあと、夏休みを挟んで、渋谷のジムで練習を続け、九月と一〇月にたてつづけに試合に出ていた。私は強くなりたかったので、アマチュアボクシングの大きい試合はかならず見学していた。

東京都選手権のライト級の決勝で、N選手が出てきたとき、私はびっくりしてしまった。東大に、こんな大会の決勝に出てくる人がいるのだ。

N選手はこのとき四年生だった（はずである）。相手は私もよく知っていた自衛隊体育学校の選手だった。私の記憶が正しければ、のちに一階級上（ライトウェルター級）の全日本社会人チャンピオンになった強い人である。

その選手を、N選手は簡単に倒してしまった。

彼は、最初から激しく攻撃してくる相手を冷静に見て、うしろに下がっている（劣勢である）と見せかけ、カウンターの左フック一発と、そのあとの連打で相手をあっさり倒してしまったのである（と、私は記憶している）。激しい格闘技なのに、ずっと落ち着きはらっているように見えた。

冷静なのは、よく練習しているからだ。そして、努力が自信を与えているのである。

私はすっかり感服してしまった。二年前、私が病院のテレビで見た「キンシャサの奇跡」のモハメド・アリのようだった。モハメド・アリは私の永遠のアイドルである。東大にも強い人がいて当然だが、それにしてもこんな人が東大にいるのだ。

そして、彼はそのあと全日本選手権にも出て、全日本チャンピオンになった選手と戦い、日本ランキングにも入ったのである。

私はこの人とは会って話をしたわけでも、一緒に練習をしたわけでもない。アカの他人である。だが、この人のおかげで、「東大」は私の中に長く強烈な印象として残ったのである。

それだけではなかった。

そのあと東大の選手たちの試合を気をつけて見るようになると、N選手は冷静でクレバー（頭を使う）な選手だが、それほど強くない選手でもみな一様にすごい根性《ね》（クソ根性）のある試合をするのである。気持ちが強いのだ。気持ちで負けず、音を上げないのである。みな他人に負けない努力をしているからだろう、と私は思った。

私は考えこんでしまった。

当時は今と違って、東大に入るような人は、「ひよわなガリ勉」と言われて、陰口をたたかれることも多かった時代である。

だが、試合を見ていると、この人たちはみな強い覚悟をもち、保ちつづけてきた人たちなのである（その中に、のちに東大印哲で私の恩師の一人になるD助教授もいたはずである）。私は、大学入学後ダメ学生になってしまった自分とひきくらべ、すっかり反省してしまった。しかし、そんな私の「内省」も、あっという間にどこかに置き忘れてしまった。今はただ、私はボクシングをやりきるだけである。

しかし私は、やりきることができなかったのである。

大学生活のはじめの二年間は「ボクシング漬け」だった。

そして後半の二年間、私は「勉強漬け」になった。

ボクシング同好会の部員としての私は、四年間続いたが、選手としては二年足らずでやめてしまったからである。

一年生のときからの首から上、左顔面の異常がおさまらず、二年生の秋、私はボクシングをあきらめ、やめてしまったのである。はじめて病院に行き、治療をはじめ、私はボクシング同好会の主務（マネージャー）になった。

運よく、医者が言ったようには、私は死ななかった。そして、勉強をはじめた。大学二年生（一九七七年）の一一月。残っている単位は山のようだったが、卒業に必要な単位数は、数字の上では、ぎりぎりだがなんとか間に合いそうだった。

語学の単位は落としていたが、社会学の必修科目と、「哲学」など一般教養科目のいくつかの単位だけはとれていたのがよかったのである。

二年浪人している私には、もうあとがなかった。遅ればせながら、やっと私はやる気になったのである。

私は英語も、前年の途中挫折したドイツ語に代わって履修した中国語も、名前も知らない下級生に混じって授業とテストを受け、なんとか合格し単位をとることができた。

三年生になると、社会学科ではゼミの授業がはじまり、専門科目の授業も目白押しとなる。

私の一番の興味・関心は、理論社会学と社会思想史である。哲学や哲学史とも重なるからである。

だが私は、ゼミは女性犯罪に関する「犯罪社会学」のゼミを選んだ。「犯罪社会学」や女性犯罪に特に興味があったわけではなく、ゼミの紹介で、「英語の基礎的文献を精読する」となっていたからである。

フィールドワークを重視する社会学であっても、やはり文科系学問の基本は文献（原典）講読、精読であると私は思っていた。私は本を読むのは大好きだったのだ。だから、語学が苦手で、授業をサボタージュしつづけ語学コンプレックスまである私であるが、原典講読のゼミを選んだのである。

そして、このゼミで、私は当時日本ではまだあまり研究が進んでいなかった（?）女性犯罪研究の最先端に、英語原典を通して触れることができた。

外国語を勉強するということは、自分とは異なる言葉でものを考え、世界を見ている人たちの頭の中を覗いてみることによって、自分の知らない言葉で記述された世界を知ることである。私はそれがよくわかった。これが、のちに語学がダメな私が東大で「語学漬け」の道を選んだ原点になった。

だが、大学生活の後半の二年間、しだいに熱中して社会学の勉強をするようになると、最初の二年間のことを思い出して本当に後悔してしまったのである。

やろうと思えばできたはずの学業とボクシングの「両立」を、私はしなかった。私が自分で選んだ道である。語学のクラスに一人の友人もいない。誰がクラスのメンバーなのか、それすら私はよく知らない。

端からはよくわからなかったようだが、私は人と長い時間話をするのがますます苦痛になり、ボクシングの練習をやめて自信も失い、迷った末、二年生の冬に通学経路も変えてしまった。もうM子と一緒に帰ることも、駅で偶然会って話をすることも、二度となかった。

私はいつも一人で品川まで歩き、国鉄（JR）で帰るようになった。だから、私はそのあとのM子のことは、何も知らない。

授業は先生と生徒の真剣勝負の場——王権神授説

忘れられない授業があった。

フランスの法学者・政治哲学者、ジャン・ボダンの王権神授説を論じた、「社会思想史」(?)の授業である。

先生は普通のおじさん、というかおじいさんである。

教授だったか講師だったかも覚えていない。

一六世紀の話だから、あるいは社会学科の専門科目ではなく一般教養の授業だったのかもしれない。それすらあやふやである。

だが、私が休まず毎週出席していたのだから、間違いなく三年生以後の授業である。

先生はボード(黒板)に板書することなど一度もなく、ただ自分の研究ノートを見ながら、授業時間いっぱいを使って、自分の研究成果をぼそぼそと話しつづけるのである。

学生たちの理解など少しも斟酌《しんしゃく》せずに、自分の言葉で、ゆっくりと、ときどき立ち止まりながら、ひたすら話しつづけるだけである。

声が小さいので、先生の話を聞きとるためにシーンと静まり返った教室で、私は先生の言葉を一言も聞き逃すまいと、すべて書き写していった。

この授業は、それまでに受けたどんな授業とも違っていたのである。研究者、先生の複雑な頭の中を、その思考経路まで覗かせてもらっているような、そんな授業だった。授業のあいだじゅう、私の孤独な頭の中は近世ヨーロッパのキリスト教世界をゆらゆら旅していた。明学には地下の教室などなかったはずだが、何回か授業を受けているうち、地下深くの教室で先生と二人きりで授業をしているような気分になってくる。

大学の授業は、学費や授業料という「対価」を払って、当然の権利として与えられるようなものではないと、このとき私は思った。そんな受身のものではなく、教授と学生との一対一の真剣勝負なのである。

教える側は研究成果を自分の言葉ですべて伝え、教わる側は知的能力と五感のすべてを動員してそれを受けとる。わからないのは自分の能力の問題である。それは顔と顔を突き合わせた勝負である、と私は思った。だから、教授本人と顔を突き合わせていなければダメなのである。

理解するのは、ずっとあとでもよいのである。

うまく説明できないが、私は、こうやって家で自分のノートを「解読」しながら、大学で学ぶことの基礎を学んでいったのであった。

私はこの先生（顔も名前も、何も覚えていない）の授業がすべて終わってからも、いつかまたこんな授業を受けてみたいと、ずっと思っていた。

そして実現した。

二〇年後、本郷でのD助教授の「インド哲学概論」の授業を受けながら、私が思い出していたのは、この授業だったのである。

それだけでは終わらなかった。

本郷に進学して、「印哲」「印文」（インド文学）研究室で私が経験することになるのは、こんな素晴らしい授業のオンパレードであった。

証券会社をやめて塾講師に――社会人生活

明治学院大学の四年生となった一九七九年（昭和五四）一〇月、就職活動が解禁された。

私の同期生たちは、みな、卒業後の長い人生の見取図をしっかりと描き、そのうえで次々と進路を決定していった。

親友の川中紀行は、明治学院全体でもほぼトップの学業成績である。

彼は、将来はコピーライターになるという夢があったので、大企業で文章を書くことができる社内のポスト（宣伝部、広報部など）を目ざすことにして、誰でも知っている「K石鹼」に就職を決めた。

そして私は、就職活動解禁と同時に、証券会社に就職が内定した。

バブルの前夜である。

生き馬の目を抜くといわれる証券業界で、私の体調でやっていけるかどうか、まったく自信はなかった。二年以上前から、病気の治療はいろいろ試みたが、身体の異変にあまり変化はなかったのである。

しかし、なんとか卒業もできそうだし、何かの縁で内定を得たのである。やってみるだけのことである。

私はこの二年間の社会学の勉強ですっかり勉強好き人間になっていたので、働きながら日本経済、世界経済の勉強をしよう、と考えていた。

だが、私の体調では仕事は厳しかった。

入社後半年で、病気療養のため三週間休職。その後、会社の温情で部署を証券営業（セールス）から事務職へ異例の配置替えをされたが、結局三年で中途退職した。

しかし世の中、本当に何が起こるかわからないものである。

退職後、自宅から自転車で通えるからという理由で講師として働きはじめた学習塾で、私は生涯の恩人の一人となる人物と出会うことになった。

中津川博郷《ひろさと》（注）という人である。

中津川博郷氏は、私が一年間だけ勤めた学習塾の塾長である。

私より五歳ほど年長で、早稲田大学第一文学部卒。私が足かけ三年、二度にわたって不合格だった憎き大学、学部である。よくあんなところに受かったものである。当時、彼はまだ三〇歳そこそこ。塾をスタートさせてまだほんの数年だった。そして、大学の部活ではないが、ボクシング経験者でもあった。

ボクシング経験者だったためか、私と話が合った。そして、たった一年しか勤めず、しかも途中でまた体調不良のため一か月以上も休んだ私を、彼は最初から最後まで信じてくれたのである。

私が休職を希望し休んでいたとき、塾長は私の自宅にきた。私は当然、解雇通告にきたのだと思った。だが、彼が私に手渡したのは一か月分の給料と、同額のボーナスだった。そして、

「身体がよくなったら、すぐ帰ってこい。やってもらうことがたくさんある」

と言ってくれたのである。

しかも、三重県の有名な整体治療の先生まで紹介してくれた。私は一週間、泊まりがけで三重県に行った。

結局一年でやめてしまったあとも、頻繁に連絡をしてきて、身体がよくなったら週一コマでもいいから帰ってこい、待ってるよと言いつづけ、私を励ましつづけてくれたのである。

そのころ、私は体調がもっとも悪く、本当に苦しんでいる時期だった。私は彼の期待に何一つ応えることができなかった。だから、なぜ私を信頼してくれたのか、私にはわからない。わかっているのは、私が彼によって勇気を与えられ、救われたことだけである。

塾長はその後、江戸川区議会議員になり、さらには民主党から衆議院総選挙にも出馬、当選し国会議員となった。塾長ではなくなった。衆議院議員として、政権与党のとき三期務めたが、自民党が政権に返り咲いたときの選挙で落選した。私は、小泉純一郎や安倍晋三ではなく、中津川博郷が総理大臣になるべきだったと今でも思っている。

（注）中津川博郷氏は元・国会議員であり、公人である。この物語の登場人物はほとんど仮名だが、中津川氏については実名を出させていただき、私の感謝の気持ちをあらわしたいと思う。

結婚、天職との出逢い——人生の転機

もう一つ、私の一生を決めた出会いがあった。

証券会社で知り合い、社内恋愛で付き合いはじめた五歳年下の女の子である。彼女は、私が証券会社をやめても、私についてきてくれたのである。私がやめたあとも、彼女は会社に残っていた。

私が日本橋の支店、彼女が新宿野村ビル二三階の本社で働いていたときのことである。私が出張で本社へ行くため、野村ビルの地下を歩いていると、目の前に見慣れた制服の女の子が歩いていて、どこかで見た顔である。きれいという感じではないが、今まで見た女の子の中で一番かわいかった。私は声をかけた。

それが彼女である。

私たちはエスカレーターに乗り、話をした。

胸の名札を見ると、「正高」と書いてある。どうして男の名前が書いてあるんだろうと不思議に思ったが、それが彼女の名字だった。

「マサタカ」である。

私たちは一階に着き、彼女はエレベーター室のほうへ歩いていった。私はさらにその奥の階段室のほうへ歩いていき、そこで別れた。私は二三階くらいなら、よほど急

いでいなければ、当時はエレベーターなど使わなかったのである。

彼女は目を丸くして私を見ていた。

二三階に着くと、残念ながら彼女のほうが少し早かった。

彼女は、階段室の扉を開けて中へ消えていく私を見送って、

「この人、ただのバカかしら」

と思ったそうである。

だが、そのときの印象がきっとよかったのだろう。

本当にただのバカだと信じていたら、そのあとはなかったはずである。

私たちは付き合いはじめた。行くところは映画と、そのころ私の行きつけの店だった新宿ミラノ座地下のスコッチパブ「バグパイプ」である。

そして彼女は、付き合いはじめてから、私が何を言っても、何をしても、たいして驚かなかったようである。私が何を考えているか、何をしでかすかわからない変な人間だと、出会いのときから思っていたのであろう。

その後、学習塾講師となり、やはり一年でやめて二度目の無職になったときも、何も言わずについてきてくれた。

私は何度も無職になり、ローリングストーンで、将来性もとてもなさそうなのに、黙ってついてきてくれたのである。

冬になるたびに編んでくれていた手編みのセーターが、ついに四枚になってしまった。私は彼女のために頑張って生きなければ、と決心した。そして結婚した。

それが妻である。

妻と知り合って三六年、結婚して三二年である。

長く話をすることができないのに、証券セールスや学習塾講師の仕事をわざわざ選んだのはなぜなのか。

私は逃げたくなかったのである。自業自得でおちいった苦境である。いちばん苦手な仕事で、どこまでやれるか、やってみたかったのである。

だが、全然ダメだった。そして自信を失った。しかし、じつはそんなところは意地を張るべきところではなかったのである。

私は人生のその時点で、自分にできることを精一杯やるべきだったようである。

結婚後、私は他人と長い時間話をすると疲れて話ができなくなるので、できるだけ話をしなくてよい仕事を探し、郵便配達員になった。

私には天職だった。

仕事のストレスがなく、残業もなく、勤務時間以外は私は生まれたばかりの息子のため、続いて生まれた二人目の息子のため、妻と自分のため、好きなことができた。

昔、大学生のころ、できなかった「両立」が、今ならできるかもしれないと思ったのは、このころである。今なら仕事と学業の両立もできるかもしれない。

それに、仕事と学業の両立は、高校生のころからの両親との約束である。

そして、受験をはじめた。

その後、小泉純一郎の郵政改革、民営化によって、郵便局は労働強化され、家族のため、自分のために生きることは、二の次になった。私は、だから、小泉純一郎が本当に嫌いである。

明治学院大学卒業の年（一九八〇年）の一月、私は教務課の窓口に卒業論文を提出した。提出締切り最終日であった。四〇〇字詰原稿用紙五〇枚ちょうど。あと一枚少なかったら、受けとってもらえないところだった。

この枚数は、川中紀行の卒業論文のわずか五分の一であった。

M子とは、卒業まで二年以上一度も話をすることなく、終わってしまった。

卒業前に声をかけようと思ったこともあったが、やはり私はためらい、やめた。それからも、彼女のことを考えつづけていた。

考えないでいられるようになったのは、妻と付き合いはじめてからである。

かつてM子と一緒に帰っていたとき、彼女は途中駅、三田で乗り換えていった。本郷に住んでいるのだ。

私は聞いたことがないが、きっと水道橋かその先あたりで降りるのだろう。

「本郷！　本郷とはまた、すごいところに住んでるね」

「別にすごくないよ」

でも、東大がある。

二〇年後、私は東大に入り、教養課程を終えて本郷に毎日のように通うようになった。

第4章 本郷

郵政民営化の逆風の中で――入院見舞い

駒場にいたころから、郵便局の仕事はどんどん忙しくなっていた。

私が東大に入学した翌年（一九九八年）、配達区域の大幅な見直しが行なわれたのである。

小泉純一郎の郵政民営化論以来、郵便局には逆風が吹いている。

そこで、世間の批判をかわすためか、一人あたりの配達区域、配達範囲を一気に拡大したのである。

私の配達班の配達範囲はそれまでより二五パーセント以上広くなり、今まで残業などする必要がなかった仕事が、毎日残業をしなければならない仕事に変わった。

それが郵政改革である。

しかし、そんな中でも、私の班の人たちは相変わらず私の東大通いを応援しつづけてくれていた。

自分たちの残業が増えることになるとわかっていても、私に年休、時間休を自由にとらせてくれていたのである。

一九九九年(平成一一)、私は本郷に進学することになった。

ところが、そんな折、M班長が病気で倒れ、長期入院することになった。腸の病気という以外、病名は詳しくは知らないが、相当長引きそうな話だった。

班の人たちの仕事は、休みが多い私がいるうえ、班長が入院で欠けてしまったため、休みたくても休めない、今日も残業明日も残業という状態になってしまった。

だが、私が聞いても、みな大丈夫だと言う。

相変わらず、B副班長は私の休みをまっ先に勤務指定表に書きこませてくれていたのである。

私は土曜、日曜、祝日さえ勤務に就けば、あとはすべて自由であった。

私は思案投げ首で、M班長の入院後しばらくして、病院にお見舞いに行き、考えを聞いてみようと思った。

大学通いを続けて大丈夫だろうか。本郷に行くのはやめたほうがいいかもしれない。病院の場所を聞き、お見舞いの品を買い、病室のドアをノックして入っていったとき、私は少し心配だった。

私はM班長の病状、容態を詳しく聞いていない。

大丈夫だろうか。

受付で止められなかったので面会できるのは間違いないが、もしやつれきって幽霊のようになっていたら、なんと言おう。

そんなことを考えながら、私はドアを開けた。

M班長は、病室に入って左奥、窓際のベッドで、起き上がっていた。そばに女性がいた。奥さんであろう。二人で話をしていて、私が近づくと、顔を上げた。

M班長と目が合った。

すると突然、M班長は目を見開き、顔をひきつらせて、私を指さしたのである。びっくり仰天、まるで幽霊を見たようだった。

「こ、この人」

私を見て、それから奥さんを見た。

「出た！」

私が幽霊になってしまった。私もびっくり、奥さんもびっくりして、びっくり大会になってしまった。

「小川君だ！」

私に向かって、

「たった今、君の話をしてたんだ。そこへ急に出てきた。あーびっくりした。死ぬかと思った」

びっくりしたのはお互いさまである。

奥さんに紹介され、私たちは少し話をした。

M班長は顔色が青白く、いかにも病人だったが、話をすると入院前と同様しっかりしていた。

私がお見舞いにきたとき、M班長は、私が東大に合格して通っていること、仕事は休まず出てきていること、みな卒業させようと応援していること、などを奥さんに話している最中だったのである。

そして幽霊でなく本物の私を見て、うれしそうだった。

私も、思っていたよりは元気そうなM班長を見て、うれしかった。

病気の話をし、そのあとひととき、M班長は自分の病気を忘れ、私の話をした。

「小川君は七班（私の配達班）の誇りみたいなもんだ。みなそう言ってる。頑張って卒業してくれよ」

私には、もう何も聞くことはなかった。

私はM班長と、奥さん、ここにはいないが班の人たちすべてに感謝して、病院をあとにした。

私の心は決まった。

今日の話では、班長の入院はやはり長くなりそうだ。班の人たちには苦労と迷惑ばかりかけてしまうが、私は好きなことをやらせてもらおう。

そして、行こう。

行く場所は?

本郷である。

こうして、私は本郷に進学したのである。

教官は七人、新三年生は六人——インド哲学仏教学専修課程
私が進学したのは、正確にはこんな名称のところであった。

東京大学文学部思想文化学科インド哲学仏教学専修課程
略称、「印哲」である。

長ったらしい名前だが、私にはどうしようもない。みな略称で呼んでいるので、私もそうすることにした。

私は、長いことそこを目ざしてきた文学部に、ついにたどりついたのである。文学部の卒業に必要な単位数は、「文学部便覧」を読むと、八四であった。私はすでに二年生のときの先取り授業で、二一単位は取得している。

残り六三。

だが、今の私には、もう単位数も、点数も、何も関係ない。本郷までくることができたのだ。あとはやりたい勉強をやるだけである。

ただ、かならず卒業する。それだけである。

私は元・文学少年、文学青年だったので、印哲だけでなくインド文学にも大いに興味があった。『マハーバーラタ』『ラーマーヤナ』などは、名前だけは子どものころからよく知っていた。

インド文学を研究しているのは、同じ文学部でも別の学科、言語文化学科のインド語インド文学専修課程、略称は「印文《いんぶん》」である。

だが、やはり「文学部便覧」を読むと、一〇年少し前、一九八八年（昭和六三）三月までは、印哲、印文は同じ専修課程で、まさに一体だったようである。「文学部第一類（文化学）印度哲学・印度文学専修課程」だったのだ。

今は別の学科であっても、どちらも思うように勉強できそうであった。

もちろん、別の学科であることにははっきり意味がある。先にできた印文は「文献学」の伝統が非常に強く、一方の印哲は、思想研究の意義を重んじ、かつ仏教思想研究の重要性を伝えていくという独自の意義をもつのである。それは中に入ってみてよくわかった。

印哲、印文の教官は七人いた。

このうち、C教授とD助教授は、二年生の時点ですでに授業を受けている。

一方、この年印哲、印文に進・入学したのは、駒場からの進学組が印哲三人、印文一人の計四人。学士入学が印哲のみ二人。

つまり、新三年生は印哲五人、印文一人の計六人であった。

教官七人に、三年生が六人。

学生にとっては、なんとも贅沢な環境である。

日本の学界の最高の叡知の授業が、よりどりみどりなのである。

印哲の必修科目は、以下のように決まっていた。

「インド哲学概論」「インド哲学史概説」「仏教概論」「比較仏教論」のうち八単位。

「サンスクリット語文法」四単位。

「インド哲学仏教学特殊講義」一二単位。

「インド哲学仏教学演習」八単位。

「卒業論文」または「特別演習」一二単位。

合計四四単位である。

「特別演習」というのは、卒業論文に代わるもので、三つの基礎的文献と担当教官を決め、それぞれテストを受け、三つとも合格してはじめて卒業論文に相当する「特別演習」一二単位として認められるものである。

その他、印文の科目全部と、語学では「ヒンディー語」および「チベット語」が認定科目となっていて、単位を取得すれば必修科目として認められることになっていた。

あとは時間割表とにらめっこして、自分で好きなように決めることができる。

本郷にきてからの私は、すべてに先んじてひたすらサンスクリット語の修得に励むことに決めていた。

インド哲学やインド仏教、あるいはインド文学の研究、学習には、何よりもまずサンスクリット語の修得ができていないと話にならないからである。

二年間（三年生、四年生）はサンスクリット語をみっちり勉強し、卒業したあとのことはそのときまた考えるつもりだった。

二年間、語学（サンスクリット語）の勉強をしたくらいでは、勉強はまだ入口である。

しかも私は、ほかの若い同期生、大学院へ進学する同期生たちと一緒に語学を鍛え、「特別演習」で卒業するつもりであった。一人だけ別の勉強をするつもりはなかった。彼らと同じように、ひたすらサンスクリット語を読み、語学の基礎の修得、向上に励むのである。

基礎さえできていれば、あとはなんでもできるのである。自分一人でやることもできるし、聴講生になってもいい。

そんなことを考えながら、以下の科目を履修することに決めたのである。

チベット語Ⅰ
比較仏教論
インド哲学史概説
インド哲学仏教学演習
インド哲学概論（冬学期のみ）
インド哲学仏教学特殊講義
インド哲学仏教学演習
サンスクリット語文法
印度語学印度文学特殊講義
インド哲学仏教学特殊講義
日本の思想と宗教

夏学期の履修予定科目は、一〇科目だけであるが、せっかく印哲に入ったのだ。私はすべての先生、すべての授業を受けたいくらいであった。

学部での授業は多くなかったので、合間の時間は図書館でサンスクリット語を勉強することにした。

サンスクリット語漬けである。だが、やっとサンスクリット語漬けになるところまでくることができたのである。

しかし、もちろん私一人の力では大学に通いつづけることなどできなかった。家族の理解と協力、職場の人たちの応援が絶対に必要だった。

さらに幸運なことに、スペイン語クラスに続き、今度は印哲、印文の同期生たち、そのうえ先生たちの励ましまでもが私の力になってくれたのである。

碩学との喫茶店トーク——C教授

前述のとおり、本郷に進学する前から印哲の先生はすでに二人知っていた。C教授とD助教授である。

前述のように、D助教授は私より一つ年下で、しかも「ボクシングつながり」まであった。

一方、C教授も、二年生の冬学期に私が印哲に進学希望の届けを出したあと、授業が終わってから喫茶店に誘ってもらえるようになり、毎週のようにコーヒーを飲みながら話をするようになっていた。

「茶飲み友だち」である。

駒場東大前駅の駅前線路沿いには喫茶店が三軒くらいあり、私たちがよく入ったのは、入学前にTBSテレビのIさんと二人で入った店と、その店に向かって二、三軒左隣りにあった店である。

私はC教授から、いろいろな話を進学前にうかがうことができたのである。

C教授は私より四歳年上。高校時代は理科系の学生だったことがわかった。

「途中で文転して、文Ⅲに入ったんですよ。都立高校でしたけど」

がぜん親しみが湧いてきた。

「へえ。都立高校ですか。私も都立です」

「どこですか」

「小松川高校です。元・女子校で、府立第七高女です。先生は？」

「日比谷高校です」

「やった！」

日比谷高校！　やっと見つけた。

入学以来、はじめて見つけた日比谷高校卒であった。

だが、考えたら、C教授は私より年上である。当時の日比谷高校は東大合格者数日本一を灘高校と争っていたはずである。いて当然なのだ。

先生は見た目は長身で、スマートで、学者風でもありスポーツマン風でもある。

もともと理科系志望だったためか、インド哲学の中でももっとも理科系色の強い論理学派のニヤーヤ学派と、姉妹学派のヴァイシェーシカ学派の研究者になった。「ニヤーヤ」と「ヴァイシェーシカ」。なんだか猫の鳴き声とロシア人形マトリョシカを連想してしまった。「猫」と「ロシア人形」。先生にますます親しみが湧いてきた。だが、もちろんそんなことは言わなかった。

「小川さんの希望は?」

私は仏教にも少し興味はあるが、それを知るためにも、まずは正統的なインド哲学である。

「仏教より、正統派のインド哲学のほうを」

C教授はうなずいた。

そして、

「私の演習で、ヴェーダーンタ学派のシャンカラという人の文献を読んでいます。四月からも、あと一年読むつもりなので、ぜひいらっしゃい」

ヴェーダーンタ学派というのは、インド哲学の中でも正統派中の正統派である。シャンカラは八世紀の人で、インド最大の哲学者といわれている。『ウパデーシャ・サーハスリー』という本を書いている。また、異端派である仏教の考えにも近く、「仮面の仏教徒」と呼ばれている。

私がもっとも勉強したいと思っていた人である。

私は一も二もなくC教授の演習にだけは参加することに決めた。

そして、実際に演習に参加して、一年後、先生は予定を変え、もう一年、私が卒業するまでシャンカラの文献を読みつづけてくれることになるのである。

東大での私の最大の恩人である。

インド哲学の源泉は、ヴェーダという聖典の末尾部分にあたるウパニシャッド（奥義書）である。

私はそれくらいは知っていた。

「大学に入る前に、ウパニシャッドの翻訳書を読みました」

私は先生に、つい余計なことを言ってしまった。

「訳者は?」

「訳者は、えー」

度忘れしてしまった。

「たしか京都大学の……クボタツルなんとかいう人です」

C教授は首を捻っていた。

「……クボタツル？　京大のクボタツルという人は、私は知りませんね。まあ、どうでもいいけど」

先生との茶飲み話が終わり、家に帰ってさっそく調べたところ、クボタツルではなく、佐保田鶴治《さほだつるじ》という京大出身の宗教学者、哲学者であった。似ているが全然違う。しかも有名な学者。私は、いきなり大恥をかいてしまったのである。

一緒に勉強してわかる頭のよさ――同期生

印哲の同期生は四人である。

駒場の教養学部から私と一緒に進学してきたのが、R君とS君。

学士入学で三年生から入ってきたのが、U君とVさん（Vさんは、なんと私より年長だった）。

さらに、印文には、駒場から進学してきたW君がいた。

私を入れて、印哲、印文の新三年生は、総勢六人であった。全員男性である。

このうち、駒場から印哲に進学した私以外の二人は、二年生の秋にすでに知っていた。C教授の「サンスクリット語」を駒場で一緒に受けていたからである。

R君という人は、一見しただけで秀才とわかる。彼は、入学したのは私より一年前であった。進学先に悩み、駒場で一年留年して今年印哲に決めたそうである。

もともとアジアに関心が強く、語学クラスは朝鮮語であった。

しかし、クールな外見とは裏腹、R君は在学中から私のことをいつも気にかけてくれ、学生のあいだはもとより、卒業してからも、信じられないほどのお世話になることになる。それは、また、のちの話である。

R君と私、C教授の三人ははじめから「茶飲み友だち」だったが、もう一人のS君は、少し遅れて友だちの輪に加わった。

彼は三重県出身で、語学クラスはフランス語である。夏学期はサンスクリット語を履修せず、冬学期の途中からはじめたのに、あっという間に私のレベルを超えてしまった。

本当の秀才である。

私以外、まわりにいるのは秀才だらけである。

彼らの頭のよさというのは、一緒に勉強してみてわかった。一つ教わると、前に習った全然関係ないようなことと瞬間的につながって理解する。そういう感じの頭のよさである。推理小説の名探偵みたいだ。学んだことが、鎖のようにどんどんつながっていくのだ。

私は、すべて点のまま頭の中に入るのみである。入ればまだいいほうで、どんどん抜けていく。ザルである。そういう当たり前の頭である。

そこが違う。

S君は、テニスやボウリングも得意なようである。

私はテニスもボウリングもダメで、ダメというより、テニスはじつは一度もやったことがない。ゴルフも同じである。

私が好きなのは野球とボクシングで、それしかやらない。

すると、驚いたことに、C教授と野球の話になったのである。C教授も野球をやるらしい。

C教授は、

「印哲に野球部がありますよ。文京区の大会などに出てます」

「はあ。運動会の野球部とは違うんですか。神宮球場に出ている」

「六大学野球？　全然違いますよ。練習にきますか。みんなに紹介します」

「野球なら、日程が合えば、行きます。チーム名は？」

「インテツ」

「イ、インテツ。チーム名が？　ひどい」

「対戦チームから、鉄鋼会社のチームかと勘違いされたこともあったようです。まさかインド哲学の略称がチーム名になっているとは普通思わない」

キンテツ（大阪近鉄バファローズ）みたいである。

しばらくしてから、R君とS君を道連れにして、私は「チームインテツ」の練習に参加させてもらうことになるのである。

印哲の同期生の残りの二人は、いずれも学士入学で三年生から入ってきた。

U君と、Vさんである。

U君は、ほかの大学出身で、東洋史学を専攻していた。

彼は東大入学前からサンスクリット語を学び、インド哲学の勉強もしていたようである。

しかし、それにしても、サンスクリット語を読むことに関して、図抜けた秀才であった。私が辞書のページを穴のあくほど眺めて考えてもちっともわからないサンスクリット語を、読んで簡単に意味をとってしまうのである。

R君やS君と同様、頭の出来が私と少し違うようであった。

だが、そんなことを言ってもはじまらない。

そして、あと一人。学士入学で入学し、印哲の私の同期生の最後の一人となったのが、Vさんである。

本郷にきて最初の衝撃は、駒場時代のTさん（塾の先生で、三〇歳過ぎで、妻帯者で、遠距離通学者で、文I生）と同様、あるいはそれ以上にすごい人が、私の前にあらわれたことであった。

それがVさんだった。

Vさんは、このとき六二歳だった。私より一九歳年上である。同期の最年少、S君の三倍の年齢であった（私はS君の二倍である）。他大学卒で、息子さんが東大卒だそうである。

彼は、六〇歳まで高校の英語教師だった。

定年退職し、仏教の勉強を志し、一年間勉強して六一歳のとき印哲の学士入学試験を受けたが、不合格であった。

あきらめず、また一年勉強して、再度チャレンジした。受験科目は、英語と、ドイツ語と、面接（口頭試問？）である。

印哲の先生たちは、一回落ちてもうこないと思ったらまたきて、しかも一年間で大いに勉強していたVさんの前向きさに感銘を受けたに違いない。

Vさんは、先生たちより年上であった。

Vさんは、仏教の勉強が主目的であった。

私は仏教以外のインド哲学の勉強が主目的で、特に学部の二年間はサンスクリット語の修得のみを第一に目ざしている。ちょっと違う。

だが、基礎は一緒である。

話をしてみると、Vさんは若々しく、明るい人だった。明るすぎるほどである。前向きで、たぶん前しか見ない人である。私は、本当にすごい人が世の中にはいるものだと、すっかり敬服してしまった。

飄々《ひょうひょう》としていながら、熱意の人であった。

ライオンはやがて仙人に――E教授

授業がはじまり、私が最初に衝撃を受けたのは、印哲の授業ではなかった。印文の授業である。

印文の主任教授、E教授の「サンスクリット語文法」と「印度語学印度文学特殊講義」であった。

まず、E教授の風貌が衝撃的だった。すごい威厳、すごい威圧感なのである。ライオンのようだ、と私はすっかり感動してしまった。

学者だと知っていたから、なるほどこういう人もいるのだろうと納得して、逃げなかったのである。そうでなかったら逃げだしていたかもしれない。

二つの授業とも、受講していた学生は六、七人。

何回か授業を受けているうち、E教授はライオンから、しだいに仙人のような風貌に見えてきた。

どちらにせよ、私はあまり至近距離で受講するのは憚《はばか》られたが、印文の研究室で行なわれる授業である。どうしても近くで先生と顔を突き合わせることになる。すると、目がつぶらで、キラキラととてもきれいに輝いているのがわかった。夢見る少年のようであった。文学少年の目だ。私はそういう目が大好きである。私も昔、文学少年だったのだ。

目を見てもその人のすべてはもちろんわからないが、いい人かいい人でないか、優しい人か邪悪な人かくらいは、私はなんとなくわかる（と、思っている）。

E教授は優しい、いい人である。

E教授の独特の風貌と、研究室の狭い空間での数人だけの授業、ゆっくりと循環するインドの時間の話を聞いていると、自分がどこにいるのかわからなくなってくる。本当に自分が古代インドの時間の中をさまよっているかのような気になってくるのである。

勉強していてこういう気持ちになれるのは、幸せなことである。

それは、E教授の頭の中が、一度実際に古代インドの時間の中を経《へ》巡《めぐ》っているからなのだろう。研究者はそこに入っていくことができるのだ（たぶん）。それが私たちに伝わるのである。

E教授の顔を見ながら聞いていると、大きなつぶらな瞳に吸いこまれてしまいそうである。

そうしたら、瞳の中から二度と戻ってこられなくなるような感じである。

それくらい先生の目は深く、話も深く、インドの時間は長い。

私は本当にこの授業だけは先生と二人きりでなくてよかった、と思ったのである。

E教授の授業は、特殊講義というだけあって、自身が現在進行形で研究中のトピックについてのものである。だから先生自身、考えが確定してまとまっているというわけではないのだろう。考えながら話をしているという感じであった。

私はそれが本当に心地よかったのである。先生の思考経路を一緒にたどることができるのである。

E教授の授業を受けていて、私は過去の二つの授業を思い出していた。

一つは、去年本郷で受けた、D助教授の「インド哲学概論」である。やはり深く対象を掘り下げ、掘り進んでいく授業であった。

そしてもう一つは、ほとんど忘却の彼方にあった、明治学院大学社会学部社会学科の学生時代に受けた、「社会思想史」（たぶん）の授業である。

私は長いあいだ、あんな授業をもう一度受けてみたいと思っていたのだ。

それを思い出していた。

「プラトンの『饗宴』はかならず読みなさい」――F教授

履修登録の際、私は「チベット語Ⅰ」を入れたが、じつはチベット語やチベット仏教にはあまり興味がない。

なぜ履修したのか。

「チベット語Ⅰ」が、F教授の授業だったからである。

F教授は仏教、中観派《ちゅうがんは》の研究が専門であった。

履修登録の前、四月に、印哲・印文研究室の江の島旅行に参加させていただき、そこでお酒を飲む機会があり、私はF教授に親しく声をかけていただいて、アドバイスなども受けたことがあった。F教授の授業は、だから、一つは受けておきたかったのである。

その日、食事のあとの飲み会の席で、F教授が私の正面になった。先生は隣りにいた私の一年上級生に向かって、あれこれと指導・注意を与えていた。

先生は酒に強そうだが、かなりのハイペースに見えた。

先生の指導は強い口調で、私には叱責としか聞こえなかった。上級生は神妙に聞いている。

この先生は厳しそうだ、と私は思った。

上級生は、何年か後に仏教の本の共同執筆者の一人にもなった、優秀な人である。その優秀な人が、頭を垂れて聞いている。

優秀な学生がこれでは、私などはじめから風前のともしび、風の中の塵である。あまり近寄らないほうがいいかもしれない。

いろいろと注意を与えたあと、最後に先生はこの上級生に、

「プラトンの『饗宴』はかならず読みなさい」

と締めくくり、次に私のほうを向いた。

やはり厳しい目に見えた。

E教授のときと同様、私はここでも逃げだしたくなった。

おまけにF教授はいつも身なりもおしゃれで、ダンディーである。

一方の私は、どこに行くときも安いジーパン姿である。

ほとんど初対面に近かったのに、すでにいたたまれなくなっていた。

「小川さん？」

「はいっ」

くんではなく、さんだった。

F教授は、

「郵便局員だとか。昼間の仕事を続けながら、駒場から上がってきたらしいね」

「はいっ」

先生はご存じだった。

学士入学で東大に入る社会人は多いが、その際には離職票など仕事をしていないという証明がないとダメだそうである。

私は仕事を休む気も、やめるつもりもない。

「東大で勉強して、卒業したらどうするつもり?」

相変わらず強い口調、眼差しである。

「同じです。郵便配達です。……すいません」

緊張して、謝ってしまった。

中途半端なことをするな、学問をナメるな、と叱責されるかもしれない。

先生は厳しい顔をして、少しだけ考えていた。

やがて、

「えらいっ!」

「ええーっ」

私はびっくりしてしまった。さっきの上級生のときと大違いである。

「あなたのことは少しだけ聞いていたけど、たしかに今までにそういう人はいなかったな」

「そ、そうですか。すいません」

また謝ってしまった。

「うん。聞いたこともない。空前だね。絶後かどうかはわからないが」

D助教授も前にたしか同じことを言っていた。さすが師匠と弟子である。

F教授の目は厳しかったが、優しい微笑みに包まれていた。私は先生のおかげで、少し落ち着いてきた。

だがよく考えてみると、叱責するのは、大いに期待しているからである。先生は上級生に大いに期待している。

この上級生と違って私にはまだ何もなく、叱責する値打ちもまだないのである。だから誉めてくれたのだ。

それに、私のやっていることは、やる気になったら、絶対に無理なことではないのだ。もちろん、多くの人たちの理解と協力がなければ、絶対にできない。私はラッキーなだけである。

「(絶後かどうか) わかりませんね」

先生はうなずいて、

「インド哲学を勉強したいんなら、同時にギリシャ哲学、プラトンの『饗宴』を

「……」

「『饗宴』ですね。昔、読みました。でも、もう一回読みます。すいません」

プラトンはいろいろ読んだが、もう全然覚えていないのである。私が岩波文庫に凝《こ》ったのは、高校一年生のときだった。

だから、もう一度読もうと思ったのである。

それがF教授との約束であった。

そして、勉強して、先生に強く叱責されるようになろう。そう思った。

私は酒に弱いのに、この日だいぶ飲み、ほかのことはあまりよく覚えていない。記憶も曖昧である。だが、F教授とのことは、本当にありがたく、はっきりと印象に残っている。

だから、私はF教授の授業はどうしても受けたかったのである。

五月の連休明け二回目の授業、だったはずである。

私はサンスクリット語の勉強ばかりしていて、チベット語は前の日に少し予習と復習をするくらいである。授業中、先生に質問されてもあまり答えられず、先生に助け舟を出してもらっていた。

授業が終わり、先生も学生もあとの授業はなく、先生は学生たちを飲みに誘ったのである。

私も参加させてもらった。

F教授は酒に強いようである。

この日も先生は普通に飲み、まったく変わった様子は見られなかった。

一軒目が終わり、二軒目に行こうということになった。人数は先生を含めて六、七人であった。

時計を見ると、一一時をまわっている。早寝早起きの私には、とんでもない夜中である。私は池袋まで帰ればあとは歩いて家に帰れるが、丸ノ内線の電車の時間が心配である。

私は一足先に失礼することにした。

先生たちは、駅のすぐ近く、地下の居酒屋に入っていった。

丸ノ内線の改札に一人できて、終電の時間を確認すると、午前一時近くまであることがわかった。

私は考えた。

本郷三丁目から池袋までは、電車に乗れば一五分かからない。池袋から家までも、歩いて一〇分ちょっとである。三〇分あれば家に帰れるのである。

終電までまだ二時間近くある。

いつもなら帰るところであるが、私はなぜかもう一度、二軒目の店にとんぼ返りしたのである。

地下の店に入ると、中央の楕円形の大テーブルに陣取っていたほかの学生たちが席を詰めてくれ、私は再び仲間に加わった。

F教授は矍鑠《かくしゃく》として、やはり私の目にはそれまでの先生と変わった様子はなかった。私はプラトンの『饗宴』の話を思い出し、まだ約束を果たしていないことに恐縮して、その話が出たらどうしようと、内心あせっていた。目立たないようにしていた。しかし、そんな話は出なかった。

私は酒に弱く、すぐ眠くなってしまい、必死に起きていたが、最後の店で先生がどんな話をしたか、自分のこと、プラトンの本のことでひやひやしていて、全然覚えていない。残念である。

翌週。その日の最終の授業である「チベット語Ⅰ」の授業中、先生はそれまでと変わった様子はなかった。

ただ、授業の途中で喉を潤すための水差しをとりに行き、一度授業を中断した。それだけである。喉を潤しながら、それまでと変わらず授業を続けた。

それが最後だった。

先生はその夜、清瀬市の自宅に戻る途中、突発性食道破裂（?）のため五九歳の若さで亡くなってしまったのである。誰も、たぶん本人も、予期しない死であった。今の私より若かった。

翌日、印哲の研究室からの連絡を受け、先生が亡くなったと聞き、どこかにもう一人F教授という別の人がいるのかと思ったくらいである。

私は果たそうと思えばいつでも果たすことができた先生との約束を、永遠に果たすことができなくなった。

数週間後、チベット語の授業は、別の先生が担当することになった。東大の先生ではなく、外部から招いた講師である。

私は、F教授に教えてもらうことが目的だったので、別の先生に代わって、ほとんど準備をせずに授業に臨んでしまった。授業中質問され、勉強不足のため答えることができなかった。

授業が終わってから、授業を受けていた学生たち数人で話をした。

そのうちの誰だったか、私に、

「F教授に習っていたところなのに、わからないなんて言わないでください。F教授に失礼です」

私は何も言えなかった。

本当にそのとおりだった。

私はＦ教授のために答えようと努力しなかった。

「うん。そうだね」

そう言うしかなかった。

勉強不足と言ってすむ話ではなかった。

そして、私はチベット語の履修自体を取り下げてしまったのである。六月はじめ（？）のその時期は、まだ取り下げ可能期間だった。

だから、私の卒業記録、卒業成績表にＦ教授の名前はない。

駒場の同級生に暑中見舞いを送る――かもめ〜る

じつは、本郷での二年間について、私にはあまり話すことがない。

テキストと梵英辞書を前に、サンスクリット語の勉強ばかりしていたからである。

駒場のときもずいぶん勉強したつもりだが、たぶん本郷の二年間で、気分としては、それまでの一生にしたのと同じくらいの勉強をしたような気分であった。

だが、そんな中でも、もちろん少しの息抜きはあったのである。

夏学期の授業が終わると、七月末から大学は夏休みになる。

私は過去二年間と同じように、文Ⅲ８Ｈ（スペイン語クラス）の人たち全員に、暑中見舞いハガキ（かもめ～る）を送った。ハガキの売り上げにも貢献し、自分で買って自分で出せば、一石二鳥である。

進学先はだいたい聞いて知っていたが、なかには農学部に進学したなんて人までいて、みな新しい世界で頑張っているようである。

スペイン語クラスの人たち全員に季節の便りを届けるのは、これで最後にしようと思っていた。

駒場にいたころと同じように、ほとんどの人から返事がきた。

《先日は、暑中御見舞ありがとうございました。酷暑と豪雨の今年の夏もそろそろ終わりですね。近頃は夜、虫の音が心地よいです。

本郷に移ってからは、めっきりですが、お元気ですか。私は農業経営のエキスパートをめざして農作業から経理・会計まで日々精進してます（なんてね）。印哲は大変そうですが、頑張ってください。それではまた。　O》

O君は、たしか御三家の一つ、武蔵高校の出身である。農学部に進学したのだ。文Ⅲからは文学部、教育学部、教養学部後期課程のほか、農学部や経済学部へも進学する道があるようである。医学部にだって進学できるようだ。

《残暑御見舞申し上げます。お久しぶりです。元気でしょうか？　もう「残暑」じゃないですね。遅くなってすみません。

小川さんはやっぱり楽しく学習しているようですね。僕のほうは相変わらずです。ちゃんと卒業できるか心配です。

夏休みはひとつ自分の夢に挑戦してみました。友人と二人で漫画を描いてみたんです。一日たりとも休まずに一か月半かけて描いたんですけど、もちこんでみたらやはりそんなに甘くなかった。子どものころからの夢に終止符を打った、そんな夏休みです。

また今度、時間があれば会ってお話でもしましょう。　X》

X君とは、二人で下北沢あたりでアングラ劇か何かを観た記憶があるのだが、別の人だったかな？　とにかく、漫画を描いていたというのは知っていて、イラストを見せてもらったことがあったが、プロのようだった。

あれでもプロではダメなのだ。

でも、彼はまだ二〇歳そこそこなのである。

《残暑お見舞い申し上げます。小川さん、お久しぶりです。お元気ですか？「この夏こそは小川さんよりも先にハガキを出すぞ！」なんて秘かに思っていたのですが、だらだら過ごしているうちにやはり小川さんからいただくことになってしまいました……。いやはや。

本郷のほうの授業も大変そうですが、教養学部もかなりハードです。たいていの授業が事前に英語の論文を数枚から十数枚読んでいかなきゃならず、授業自体も七〜一五人程度とほとんどゼミ方式でうかうか寝ることもできません。教官も「ゴマと学生はしぼればしぼるほど油が出る」とか鬼のようなことを平気で公言しています……。トホホ。

まあ、でもやりがいはあるし充実しているのでとても楽しいんですけどね。九月には学科の友だちとドイツへ旅行に行きます。それまではレポートに追われそうです。

ではまた。　Z》

ハガキなのにこんなに書いてくれた。当時はハガキは五〇円だったから、コストパフォーマンスも最高である。

教養学部地域文化研究学科アメリカコース（?）に進学したZさん（女性）は、女子御三家の一つ、女子学院出身である。たまたま授業で隣りの席になって少し話をし

ようである。

ハガキを読むかぎり、英語が苦手の私は、教養学部にだけは進まなくて正解だった

だが、本当は、才色兼備のショクパンレディーである。

と言ったところ、ショックを与えてしまったようだった。

「なーるほど。そうだね」

顔をじっと見て、

「高校時代のあだ名は、ショクパンマンでした」

たときに、彼女は、

《残暑御見舞申し上げます。
お元気そうですね。私は沖縄に行ってきました。
すぐ足元をこんな魚［魚の絵、略］が泳いでいました（下手ですね、絵が……）。
来年は海外にも行きたい、と、今はバイト三昧です。
来年は就職活動もしなければ……、小川さんはもう決まっているんですね（笑）。
学生生活はあと少し、やりたいことはいっぱい、です。　Y》

Yさんは桜蔭高校出身である。明治学院大学で同期の、ボクシング同好会の女子マ

ネージャーも桜蔭だったから、彼女とは先輩後輩である。彼女もやはり才色兼備なのだ。明学も東大も、才色兼備ばかりである。

《小川さんお元気ですか？　残暑見舞のハガキ、どうもありがとうございます。「小川さんのハガキがくると季節がわかる（？）」というくらい、節目節目でハガキをいただいて、本当にうれしいです。

大学に入って故郷を離れ、すっかり筆マメに生まれかわった私の楽しみの一つは郵便受けをのぞくこと。郵便受けを見たときに思いがけず小川さんからのハガキを見つけて、何度「オーッ」と思ったことか……。本当にありがとうございます。

ところで、私は八月中はインターンとして労働者の練習のようなことをしていました。土日以外は朝九：三〇〜夕方六：〇〇まで毎日労働。たった一か月だったけどクタクタでした（職場の人がいい人ばかりで楽しかったけど）。

勉強と仕事を両立している小川さんには本当に頭が下がります。これからも体に気をつけて頑張ってくださいね。

PS　私も英語で泣かされています。どうしよう……。　Q》

Qさんには、私がこんなことを言われたらうれしいなと思っていたことを、全部言ってもらった。もう死んでもいいくらいである。

こんなのが、あと四七枚もあるのだ。

私は何度も何度も読み返し、ついに涙が涸《か》れてしまった。

敬意をもって批判する——魅惑の比較仏教論

印文のE教授とはタイプがまったく違うが、同じような興奮を味わうことができたのが、G教授の比較仏教論であった。

G教授は、見た感じはE教授とは全然違う。一見人の好さそうなただのおじさん風である。ところが、授業を聞いていると、その思考のシャープさ、論理の切れ味にただただ驚嘆するばかりだった。

G教授は、研究ノートを手に、私たち学生に今まさに研究中のトピックについて語ってくれたのである。研究対象は、政治学者・思想史家の丸山眞男の「古層」論であった。

「古層」とは、私の理解では、日本人の考え方・発想法の根底に流れているもの、ということである。

G教授は丸山眞男の「古層」論を批判しつつ、「古層」そのものを否定するのではなく、丸山眞男を乗り越えて新しい「古層」論を完成させようと苦闘していたのである。

G教授の授業に一貫して流れていたのは、先達である丸山眞男に対する敬意であった、と私には思えた。敬意をもって批判するというスタンスである。

私はこういう授業をしてくれる先生方が大好きなのだった。

そして、この授業は、七年後、さらに発展した形で、岩波書店から一冊の本になった。G教授は、本として自分の考えをまとめる七年も前に、まさに研究と同時進行的に、私たちにその苦闘の一部始終（?）を語ってくれたのである。

私はそのダイナミズムを、G教授やほかの学生たちと一緒に味わうことができた。そして、これが本当の大学教育なのだろう、と私は思った。

勉強は一人でも（独学でも）できる、という人がいる。大学（学校）など行かなくてよいというわけだ。それはまあできるのかもしれないが、こういう幸せな出会いが大学（学校）には（たぶんたくさん）あるのだ。

G教授は数えきれないほどの著書を出版している。私は数えてみたが、六〇冊を超えたあたりであきらめてやめてしまった。しかも、しばらく前まで、読売新聞の夕刊に週一回程度エッセイを書いていたはずである。私は毎回楽しみに読んでいた。

それだけ多忙な先生であるから、先生はいったいいつ寝ているのだろう、と私は自分の心配をしなければならないのに、先生の心配をしていたのだった。

「新人三人のうち、即戦力は小川さんだけだね」――野球部「インテツ」

C教授と約束していた、印哲の野球部「インテツ」の練習。

練習場所は、なんと芝公園駅近くの貸グラウンドであった。

東京タワーの近く、大都会のどまん中である。私の同期で練習に参加したのは、私とR君、S君の三人であった。

私は東京と千葉県の境目、江戸川河川敷、荒川河川敷でしか野球をしたことがない。子どものころは近所の空地、原っぱでやっていた。

東京のどまん中で野球をやるのは、生まれてはじめてである。

「インテツ」のエースは、なんとC教授であった。私はびっくりした。ここにも、日比谷高校卒、昔の文武両道の学生がいたのだ。

投球練習を見て、私はまたびっくりした。

カーブの曲がり方がすごいのである。急角度で曲がって落ちる。あれではなかなか打てそうにない。

いいピッチャーである。

私たちはキャッチボール、遠投からはじめて、守備練習と打撃練習をした。R君、

S君の二人は、野球に関してはともに素人のようである。授業のときとは逆で、ここでは私のほうが格上であった。C教授はじめ野球部の人たちが私たち新人三人の練習を見て、値踏みをしていた。うまかったらスカウトするのである。

私は守備では主にファースト（一塁）を守り、エラーもしたがだんだん慣れてカンを取り戻し、よくなってきた。

バッティングの番になった。

C教授が投げていたので、私はカーブをチェックしていた。すごい角度である。外に逃げてゆくカーブを引っ張ったら全然ダメなので、球に逆らわずチョコンと当てて流し打ちをすることにした。

江戸川郵便局の野球部「スネークス」でKさんの代役で出てタイムリーヒットを打ったのが、やはりカーブの流し打ちだった。

ところが、私が打席に入ると、ピッチャーが代わってしまったのである。C教授は逃げたのか（?）、若きスリムな上級生に代わった。投球練習を見ると、ストレートが速い。

何球か見て、まっすぐのスピードボールをやはり球に逆らわずに打ち返したら、センターのほうに抜けていった。

クリーンヒットである。

私は一塁に走り、若きピッチャーはしきりに首を捻っていた。

練習が終わって、C教授が講評した。R君とS君には、学業よりずっと厳しい評価だった。

「新人三人のうち、即戦力は小川さんだけだね」

昔とった杵柄《きねづか》である。

私はもちろん練習にふだん行けないので、チームには入らなかった。だが、この言葉はそのあとの私の励みになった。

仮に勉強はダメでも、郵便局のときのように、野球の試合に飛び入りで出れば、私は即戦力として印哲の役に立てるのである。


C教授は、東大での私の最大の恩師である。

三年生のときに受講したのは、「インド哲学史概説」「インド哲学仏教学演習」の二科目であった。

「演習」で読んだのは、八世紀の哲学者シャンカラという人が書いた『ギーター註解』である。私がもっとも勉強したかった分野、哲学者の文献だった。

私は少しずつサンスクリット語が読めるようになってきて、この年のテストでは一二〇点満点中一一一点（九三パーセント）をとることができた。

すると先生は、「演習」の最終回の授業で、シャンカラの同じ文献を読む「新年度の演習は予定を変えて、もう一年、私のために予定を変更したに違いない。私はびっくりした。先生は、私のために予定を変更したに違いない。

本当は違う理由からだったようだが、そのとき、私はそう思った。

本郷での二年間、サンスクリット語の修得を通じて、私は何を知ろうとしていたのか。

インド哲学が目ざしているのは、輪廻からの解脱、つまり個人の救済である、と私は理解していた。仏教を含むインド哲学がそれについてどう考え、どんな答えを出しているか、私はそれが知りたかったのである。

私もまた、できれば救われたいからだ。

本郷での大学生活は、あと一年になっていた。

東大生活、最後の一年がはじまった――大学四年生

本郷での一年目が終わって、私は東大生活で最後の学年、四年生となり、残り一年となった。

三年生のときの成績は、以下のとおりであった。

比較仏教論　優
インド哲学史概説　優
インド哲学仏教学演習　優
インド哲学概論　優
インド哲学仏教学特殊講義　優
インド哲学仏教学演習　優
サンスクリット語文法　優
印度語学印度文学特殊講義　優
インド哲学仏教学特殊講義　未受験
日本の思想と宗教　優

「優」が九つ。「未受験」が一つ。

一科目だけ、「未受験」で不合格となった。最後の回の授業に出席できなかったためである。

こんな私でも、やればなんとかできたのである。

もっとも、サンスクリット語はまだまだである。私がほかの若い同期生たちにくらべて格段に「読めない」のは明らかであった。

しかし、R君もS君も、U君も、若い三人は自分の勉強があるのに私にいろいろとサンスクリット語のアドバイスや情報提供などをしてくれ、サポートしてくれている。ありがたいことである。

残る単位は、あと三一である。

そして最後の一年、四年生の時間割が決まった。

月曜　三限　仏教概論
水曜　二限　インド哲学仏教学特殊講義
木曜　一限　比較仏教論
　　　二限　印度文学史概説
　　　四限　インド哲学仏教学特殊講義（冬学期のみ）
金曜　三限　インド哲学仏教学演習

このほかに、卒業論文に代わるものとして、「特別演習」を三科目受ける必要があり、私は秋までに以下の三つに決めた。『大乗起信論《だいじょうきしんろん》』『ウパデーシャ・サーハスリー』『バガヴァッド・ギーター』である。

「タミル文学には後継者がいない。誰かやりませんか」——印文の誘惑

前年（三年生のとき）、時間割と仕事の関係で印哲の主任教授であるH先生と、印文でタミル文学が専門のI先生の授業を受けていなかった。最後の年はどうしても受けたかったので、優先的に入れた。H先生は、この年度で定年退官である。

印文のI先生は、私より五歳年上である。

南インドの古代タミル文学が専門だった。

「印度文学史概説」の授業で、私は前年出版されたばかりの先生の翻訳書を教材に、これまであまり日本で馴染みのなかったタミル文学の紹介と解説を聞くことができた。私はもちろん南インドのタミル文学など読んだことがなかったが、文体・内容とも素晴らしい作品であった。神への讃歌からはじまって、男女の性愛まで、聖俗一体で、読んでいると本当に古代タミル地方を旅している気分である。

私は、やはり文学が好きである。心は「夢見る文学少年」に戻って、うっとりと古代タミル文学の世界に浸っていると、哲学ではなく文学に転向したい気分になってしまう。インド哲学同様、インド文学も私にとって大変魅力的なのである。日本でタミル文学があまり知られていないというのは、日本人として大きな損失であるように思

えてくる。

するとI先生は、学生たちの気分を見透かしたかのように、

「タミル語、タミル文学の研究者には、現在あまり後継者がいない。誰かやりませんか」

と私の心を揺らすようなことを言う。

「私も大学時代は優等生ではなかった。でも、タミルを選んだら、東大教授になった。誰か手を挙げる人はいませんか」

I先生は前述のE教授とは違って、普通の日本人の風貌である。ふだんはスーツ姿で、知らないと一見丸の内のビジネスマンが研究室にまぎれこんできたのかと思うほどである。ビジネスマンとしても、出世できそうである。

しかし、優等生でなかったはずはなく、優秀に決まっているのである。I先生は前の年から、助教授から教授に「出世」していた。

私は先生につられて、思わず手を挙げそうになったのである。

大学四年生の最大の関心事は、普通、卒業後の進路である。

だが、私は印哲の同期の人たちとのあいだで、進路のことを特に話したという記憶がない。

若い三人、R君、S君、U君は、みな最初から大学院進学を決めていたからである。だから、特に進路について話す必要がなかった。

印哲に進学してくる人たちは、そういう人が多いようであった。サンスクリット語など語学を学んで、大学院に進み、研究者になる。

迷わないのである。

少なくとも、最近会ってそのころのことを尋ねてみたR君は、当時少しも迷わなかったそうである。

一方、四〇歳過ぎて進学し、職があり妻子もある私は、逆の意味で迷いがなかった。大学院のことは考えず、郵便局の仕事を続ける。勉強は、できれば聴講生として東大に引きつづき通い、「ほそぼそ」と、マイペースで続ける。

だいたい、私が若い東大生たちに混じって、勉強でかなうわけがないのである。

私の能力、特に語学力には限界がある。

駒場で私がなんとかいい成績をとることができたのは、駒場ではまだ若い人たちが「本気」を出してなかったからである。

そう私は考えていた。

しかし、サンスクリット語の勉強を毎日のようにやっていて、少しずつでも読めるようになってくると、やはりもっと知りたい、わかりたいという気になってくる。

だから、私にも少しだけ、ほんの少しだけだが、上（大学院）に行きたいという気持ちもあったのである。

サンスクリット語で『般若心経』を暗唱――色即是空

そんな、迷いと煩悩に満ちた私の心を落ち着かせてくれたのが、J先生の授業だった。

J先生の「特殊講義」の授業名は、「サンスクリット語仏教文献講読」だった。この「サンスクリット語仏教文献」とは、有名なお経『般若心経』であった。

「ヤッド　ルーパム　サー　シューンヤター
ヤー　シューンヤター　タッド　ルーパム……」

『般若心経』の有名な一節である。

ルーパムは「色《しき》」。シューンヤターは「空《くう》」。「色即是空」のサンスクリット語原語である。

だから、ヤー　シューンヤター　タッド　ルーパムは、「空即是色」。

簡単に言えば、「この世の一切のものは、実体がなく変化し移ろうものである」ということだそうだ。そのように、私は理解した。

本当にそのとおりだと思う。

この授業は、『般若心経』をサンスクリット語で読みながら理解し、そして全文暗記する、というものだった。

そして、この授業のテストは、サンスクリット語による『般若心経』の暗唱。

ゆっくり読むと、五分近くかかる。それをすべて暗記しなければならない。だが、なんとか覚えた。

試験当日。

若い人たちはもとより、六四歳になっていたVさんも、もうすぐ四五歳の私も、揃って最後まで暗唱することができ、合格した。

私はなぜか少しも緊張することなく、落ち着いていた。

だが、暗唱の途中で、何度か頭の中がまっ白になったのである。

まっ白なからっぽの頭でも、言葉は出た。次から次へと、出た。

何かに背中を押されているようであった。

そして、この授業と、このテストのおかげで、七年後、父が死んでこの世から移ろい、永遠にいなくなってしまったとき、私は父の前で、サンスクリット語の『般若心経』を何度も何度も心から唱えることができたのである。

夏の夜の出来事――家族との時間

東大に通っていた四年間、私は妻と息子たちと一緒に泊まりがけの旅行に行ったことは一度もない。

入学の前の年、夏休みに一家四人でハワイに行き、安いコンドミニアムで四泊した。それが最後である。

この四年のあいだに、長男の歩が小学校五年生から中学校二年生に。二男の健は小学校一年生から四年生に。

この間、毎年旅行に連れていってくれたのは、妻の両親だった。

大学四年の年の夏休みも、私は連休はとらず、妻と息子たちは妻の両親と二泊三日の旅行に行き、私は昼は仕事、夜は留守番だった。

三人が帰ってくる日になった。

私が夜、仕事から帰ると、晴れていた空が急に暗くなり、冷たい空気に一変し、今にも雨が降りだしそうになった。夏の夜にはよくあることである。

外を見ていると、すぐにまっ暗になり、激しい雨が降りだした。

妻から電話が入り、旅行の行き先は紀伊勝浦だったか伊勢志摩だったか、それとも伊香保温泉だったか忘れたが、両親と一緒に新宿までできてそこで別れ、これから帰るが傘がない、と言う。新宿からは山手線で目白までわずか七、八分である。

電話を切ると、外は雷が鳴り響き、猛烈な雨である。ハワイのシャワー（夕立ち）よりずっとひどかった。

私は傘立てから傘を四つとりだし、自分の傘をさし、ほかの三つを抱えると、表に飛びだした。

自宅の郵政宿舎から目白駅まで、歩くと一〇分ちょっとである。三人がすぐ電車に乗っていれば、電車のほうが早い。

豪雨、雷鳴、稲光、風まで出てきたが、私は傘を斜め前に向けて早足で歩きはじめた。やがて小走りになった。

目白通りに出るまで三分くらいしか、かからなかった。目白通りをまっすぐ四、五分歩けば駅である。私は前方に気をつけながら、小走りに走った。走っていたため、傘も役に立たず、私は全身びしょ濡れになった。

駅が見えはじめたころ、みるみる雨が小降りになり、突然やんでしまった。

夏の夜の夕立ち、通り雨である。

雲の切れ間まで見えてきたので、私は傘を閉じ、両手に四つの傘をもって、駅のそばまできた。

駅前のマクドナルドの前のあたりを、大きい荷物をもった三人連れが向こうから歩いてきた。うち二人は子どもである。リュックサックを背負っている。嵐のような雨だったのに、能天気に歌でも歌っているようである。

私に気づくと、三人のうちの一人、私の妻が言った。

「どうしたの？」

傘のない三人が全然濡れず、傘を四つももっている私が全身びしょ濡れだったからである。

「傘をもってきた」

「あらら」

三人にバカにされて、私はおみやげの大きい荷物をもたされ、傘を四つ抱え、すごいハンデを背負った競走馬のようになってしまった。

目白通りを歩き、私がまっすぐ行こうとすると、三人が角を曲がっていきそうになった。

裏道を行くのである。私はいい大人だが、夜はなるべく明るい道を歩く。

「目白通りから行っても同じだよ」

「いや、こっちが早い」

ということで、ふた手に分かれて帰ることになったのである。

私一人が目白通りを歩き、大きい薬局、フジ薬局の手前を曲がり、アイピット目白という小劇場の前を通って目白図書館を目ざしていけば、その手前が郵政宿舎である。あとの三人は途中をくねくねと曲がって「近道」で帰ることになった。

どちらが早いか、競走である。

ただ、暗くて危ないいし、私には荷物と傘のハンデがあるから、絶対に走らない、歩くという約束である。

目白通りを一人でまっすぐ歩き、直角に曲がっていくと、郵政宿舎の中庭の前に出て、ベランダが見える。裏道をくるあとの三人は、ベランダの反対側から入ることになる。

私の家は宿舎の三階である。

中庭の脇を通って表の入口まで行こうとすると、何かが三階のベランダで動いた気配がした。

ハッとして三階を見上げると、まっ暗な中、ベランダに二つのシルエットがうずくまっている。

泥棒かと思って見ていると、窓のほうを向き、こちらに背を向けた人間の背中のようである。窓が開き、今度はまっ暗な部屋から妻がベランダに出てきた。そっと窓を閉めた。手にはなぜか靴をもっている。

私はベランダを見上げながら、意味がわかった。

私より先に家に着いて、三人でベランダに隠れ、何も知らずに帰ってきた私を驚かせようとしているのだ。

私はそれをじっと見上げ、やはりまだ息子たちは私と遊びたいのだ、と考えていた。何年も、遊んでやってなかったなあ。

すると、私の気配を感じた三人が、次々とベランダからこちらを見た。

「あっ」

「ああーっ」

「なんでこっちからくる?」

妻まで叫んでいるのである。

私はすっかりあきれてしまった。だが、妻を含めた息子たちと四人で遊べたのは、四年間でこのときくらいであった。

そして、私はこの夏のあいだから、一二月と一月に行なわれる三つの「特別演習」のテストに向け、準備を開始した。このころからはじめないと間に合わないと思ったからである。

「特別演習」中の最難関、『バガヴァッド・ギーター』のテキストとなったA四判二八枚にびっしりデーヴァナーガリーで書かれたプリントは、七月九日の手書きの日付で、同期のS君がコピーし手渡してくれたものである。私は今でもそれを彼の思い出とともに大切に保管してある。

そうして、いよいよ最後の秋になり、冬が近づき、一二月に入ると、「特別演習」がはじまったのである。

人生最後のサンスクリット語のテストかもしれない――特別演習

「特別演習」は三つ。

テストの日程も決まり、私の場合、順に、『ウパデーシャ・サーハスリー』『バガヴァッド・ギーター』『大乗起信論』である。

いずれも部分和訳の問題が主であるとのことであるが、どこが出るかわからない。サンスクリット語の『ウパデーシャ・サーハスリー』『バガヴァッド・ギーター』だけで、私がつくった勉強ノートの見開きの数が二四三四にもなった。こんな分量のサンスクリット語を読んで覚えられるのだろうか（もう一つの『大乗起信論』は漢文）。

私は秋からはじめたのではとても間に合わないと思い、夏休みに入るころから準備をはじめていたのである。

読むのは朝三時半から毎日一時間である。

大学受験中の約七年間は、英単語を覚えるため、参考書の例文をくり返し読んでいた時間である。

大学一年生のときは、スペイン語のテキストを毎日くり返し読んでいた時間である。二年生、三年生になると、サンスクリット語のテキストをくり返し読んでいた時間である。

そして今度は、私は『ウパデーシャ・サーハスリー』と『バガヴァッド・ギーター』だけを、この時間にくり返し読むことになった。

語学漬けである。

何年も何年もいろいろな試験の勉強をしてきたのに、私は、「特別演習」の試験勉強については失敗してしまった。

テスト前の約一か月、一一月のはじめごろから、それまで二つの文献を代わりばんこに両方読んでいたのを中断して、目前に迫った『ウパデーシャ・サーハスリー』だけに集中したのである。

まず一つ。最初の難関を乗り越えなければならない、と考えたのだが、それが失敗だった。

集中して勉強することで、『ウパデーシャ・サーハスリー』のほうはなんとか覚えることができた。覚えるというよりも、シャンカラの文章は私にはとても面白いのである。

一二月六日（水曜日）、試験当日。

私はたった一人であった。『ウパデーシャ・サーハスリー』の受験者は、私だけだったのである。

だが、なんとかできた。合格点が五〇点か六〇点かわからないが、それくらいは書けた、できたという感じであった。

ところが、テストが終わってまだ大学にいるうちに、次の『バガヴァッド・ギーター』のノートを開いてみると、覚えたつもりのところが全然頭に入っていない。少しやらないでいるうちに、頭から抜け落ちて忘れてしまったのである。

『バガヴァッド・ギーター』は、『ウパデーシャ・サーハスリー』（散文篇のみ）の二倍の長さである。ノートの見開きの数が一六〇二。大学ノート三三冊。

一二月一五日まで、九日しかない。間に合うだろうか。

その日から、私は必死に勉強をはじめたのである。

一二月一五日になった。金曜日であった。

研究室に集まってきたのは、私と、R君、S君、U君の四人である。問題用紙が配られ、みな黙々と読んで、黙々と答案を書いていく。

先生は出ていき、研究室に監督官はいないが、それでも当然ながら不正を働く者はいない。

私は思うように答案用紙が埋まらない。集中して準備をしたのがわずか九日間では、あまりにも短すぎた。

頭の隅を絶望的な考えがよぎっていく。

半分以上は点数をとらないと、卒業はできないだろう。答案で埋まったのは、やっと半分くらいである。だが、私は時間いっぱい粘って、知っている単語の意味をつなぎ合わせ、書くことは書いた。

そして試験が終わった。

もしかしたら、私の人生最後のサンスクリット語のテストかもしれない。出来はよくないし、落第かもしれない。悔いも残るが、やるだけはやったのである。そう思うことにして、私は研究室を出た。

テストの結果は、『ウパデーシャ・サーハスリー』は「優」。

一方、『バガヴァッド・ギーター』は、二二〇点満点中の一四一点で、六四パーセントの得点率。「良」であった。

C教授は、試験に関して厳格な人である。

返却された答案を見ると、『ウパデーシャ・サーハスリー』のほうは、ほとんどできていたので、ただ「優」と赤い字で書いてあった。

一方、『バガヴァッド・ギーター』のほうは、部分点を全部足して一四一点（満点は二二〇点）。なんとパーセンテージの計算式まで書いてあった。

二〇〇一年三月二八日、東京国際フォーラム――卒業式

卒業式は、三月二八日（水曜日）、この年にかぎり東大安田講堂ではなく、有楽町駅前にある東京国際フォーラムのホールA、ホールBを使って行なわれた。ホールAの一階が卒業生席、二階が父母、教職員席、満席になるとホールBも使用。私の家族は誰もこなかったが、なかには父母の出席者もいるのである。

文学部の卒業生席は、ホールA一階の舞台に向かって左端、理学部卒業生席のうしろであった。

舞台壇上には、蓮實総長はもちろん、三月で定年退官する印哲のH主任教授もいる。私はVさんと一緒に国際フォーラムに行き、ホールA一階、卒業生席に通じる入口から入ろうとした。

すると、ドアの前に立っていた警備員に見とがめられてしまったのである。

警備員はほかのスーツ姿の卒業生たちを通したあとで、私たち二人の前に立ち塞がった。

「上にまわってください」

「上?」

「父母席は二階です」

Vさんと顔を見合わせた。

入学式のときにはすんなり入れたのに、卒業式で止められた。たしかに、また四歳、年をとったのである。

だが、Vさんは平気である。泰然自若として、

「二人とも卒業生」

と言った。堂々としたものである。

警備員はVさんと私のために通り道をつくり、私たちは中に入ることができた。

一〇時に式がはじまり、学位記授与で文学部代表として登壇したのが、入学式のあと一度だけ話をした後期日程組のK君である。羽織袴姿だったような気がするが、定かではない。

駒場のスペイン語クラスの同期生たちも晴れ着、スーツ姿で大勢いて、少しだけ話をすることができた。だが、あまり時間がなかった。

卒業式が終わって、私たちは大学に戻り、研究室に入った。

国際フォーラムにいた印哲のH主任教授も戻ってきていて、先生方は勢揃いしていた。

H教授も今年で定年退官である。感慨深げに、私たち卒業生に一言ずつ言葉をかけてくれた。

私には、

「仕事をしながら無事卒業したのは、本当にたいしたものです」

私は恐縮して、

「たくさんの人たちに助けてもらいました」

「それもまた人徳、人間性のおかげでしょう」

先生の目は深い優しさをたたえていた。

私は最後の最後までサンスクリット語の修得にばかり努めていて、先生の「特別演習」、『大乗起信論』の出来は、どう考えてもよくなかったのに、である。

私は、だから、私の人徳や人間性ではなく、先生の人徳、人間性にこそ、深く、深く感謝していたのである。

何はともあれ、私は卒業することができた。しかし、インド哲学の勉強はこれからである。

仏教の考える「救済」。インド哲学の考える「救済」。どちらも私はよくわかっていない。どうやったら、私は救われるのだろう。

C教授にお願いして、四月からも、入学式のあとの月曜日四限、学部の演習に参加させていただくことになった。

読むのは『タルカ・サングラハ・ディーピカー』。インド哲学のニヤーヤ、ヴァイシェーシカ学派の「論理の綱要書、自注」である。

二年前、私が猫とロシア人形を連想した、C教授の専門分野である。

まだはじまったばかり、ここからがスタートのはず、であった。

終章　六二歳

法文二号館の一番大教室へ——最終講義

私は今年（二〇一八年）、六二歳になった。

二〇歳のときに明治学院大学に入学し、その二一年後に東京大学に入学、それからまた二一年が経った。

三月に入り、東京大学から一通の手紙が届いた。

駒場、本郷を通しての私の恩師、C教授の最終講義の案内である。

三月二三日（金曜日）、午後三時から。場所は本郷の法文二号館の一番大教室となっている。

私はひさびさに本郷に行ってみることにした。

三月二三日は東京大学の卒業式の日である。

後期入学試験の合格発表の日でもあった。二一年前、私が息子二人を連れて、散歩がてら合格発表を見にきたのがこの日だ。

二人の息子は、すでに独立している。長男の歩は、都内で働いている。子どものころからの夢をかなえ、公立中学校の先生（英語）になった。なんといっても、小学生のころから『3年B組金八先生』や、NHKの『中学生日記』を毎回楽しみに見ていたのだ。学校の先生は、じつは私の父の夢でもあった。時を超えて、父の夢もかなえてくれたのだ。独身だが、一人で職場の近くのマンション暮らしである。二男の健は去年結婚して、来月には子どもが生まれる予定である。私に似て、一人でコツコツ何かをしているのが好きなようで、自分の興味と適性を考え、経理の資格をとり、経理の仕事を続けている。妻の父が一度、私が二度落ちた早稲田大学に合格し、親子三代にわたるリベンジも果たしてくれた。歩は三一歳、健は二七歳になった。

私と妻も西池袋の郵政宿舎から目白へ引っ越し、さらに妻の実家近く、小田急線の新百合ヶ丘というところへ引っ越した。

本郷はすっかり遠くなってしまった。

本郷三丁目の駅は、私が学生だったころとは様変わりして、きれいになっている。だが、私は数年前に、かつての東大の同期生たちとこの駅で待ち合わせて食事をしたことがあり、それほど懐かしい感じではなかった。

本郷通りを渡って、赤門まで歩く。

二一年前とは違って、私は一人である。赤門からは入らず、さらに正門まで通り沿いに歩いた。

正門を入ると、すぐ右側に「C教授（インド哲学仏教学）最終講義」の立て看板が立っていた。

法文二号館は、その奥の建物である。

中に入るのは、本当に久しぶりであった。一七年近く、私は東大の中には入っていなかった。

後期入試の合格発表は今日ではないのか。さらに奥に発表の掲示板はないようであった。

二号館に入ると、受付には若い女性が二人いて、研究室にすっかりご無沙汰している私は、もちろん知らない顔である。

名前を記入して、

「昔の卒業生です」

と言うと、

「わー、大先輩ですね」

年齢のわりに、そんなに大先輩ではないのである。

だが、それは言わなかった。

「郵便局は、もう退職したんですか」――再会

講義がはじまる三〇分以上前だったので、一番大教室はまだ空席が多く、人が半分程度である。

私はまん中よりややうしろ、教壇に向かって少し右側の、比較的人のいない席に腰を下ろした。

私の正面、教壇を下りたすぐ脇に司会者席が設けてあり、かつての同期生、今は東大の助教をしているR君が司会者席で準備をしていたからである。ここに座れば、彼も私に気づくはずである。

案の定、彼は私に気づいて、通路の階段を上がってきた。大教室なので、聴講席がうしろへ行くにしたがって少しずつ高くなっているのである。

R君は現在、四〇歳か四一歳になるはずである。数年ぶりの再会であった。

東大卒業後、私はR君とはときどき会っていた。

彼は卒業して半年で大学にこなくなった私に、ほぼ毎年、何冊もの学会誌（『印度学仏教学研究』という、ぶ厚く、もってくるだけで大変なものを何冊も）などを届けてくれ、私が一人でも勉強を続けることができるように配慮してくれていたのである。

会うたびに私の家の近く、池袋で一緒に食事をして、印哲研究室の人たちの去就・

消息などを教えてもらっていた。

印哲五人、印文一人。

二〇〇一年(平成一三)三月、私たち同期六人は揃って大学を卒業した。印哲の五人のうち、私とVさん以外の三人は大学院に進み、修士課程からさらに博士課程へと進むことになった。

私は卒業したが、C教授の許可を得て、聴講生として学部での授業(演習)に引きつづき参加、聴講させてもらうことになっていた。

Vさんは仏教の勉強をして、奥さんとお寺巡りもしたいとのことで、晴れて卒業したのだが、話を聞くと、さらに東大で勉強するつもりだと言う。

印哲ではなく、西洋古典学専修課程で、今度はギリシャ語、ラテン語を学ぶつもりだそうである。

六四歳である。私は本当に敬服してしまった。

しかし、その後、奥さんが倒れ、Vさんは大学にくるのをやめ、一人で介護をすることになった。現在に至るまで、ほぼ二四時間介護を続けているそうである。夫が妻を、たった一人で、である。

数年前、半日ほど介護を息子さんに任せ、東京に出てきて本郷三丁目の駅で待ち合わせ、同期の卒業生全員で会った。八〇歳になろうとしていたが、Vさんは元気一杯であった。

みんなで食事をし、懐かしい話をしてから、

「妻が待っているから」

と言って、上野から新幹線で帰っていった。

その姿を見ることが、私たちには何よりの勉強となったのである。

Vさんが帰ったあと、私たちはもうしばらく残って、話をした。

私は郵政民営化後、郵便配達の仕事がますます忙しく厳しくなっていて、疲れが顔に出ていたのであろう。

誰かが、

「お疲れのようですね。Vさんは元気一杯で若々しかったけど」

私は、

「そうだねえ」

にが笑いして、ますます疲れてしまった。

一番大教室でR君と話をしていると、C教授が教室に入ってきた。

C教授とは一七年近く会っていないはずだが、去年NHKテレビで半年間、仏教の

話をされていたのを見ていたので、まったく変わったという感じがしない。

私の知っている、芝公園のグラウンドで鋭く曲がるカーブを投げ、研究室でときに厳しいダメ出しを私にしてくれた、若々しいC教授のままである。

C教授は、R君と話をしている私を見ると、まっすぐ階段を上がってきた。一七年経っても、私をすぐに見つけてくれたのだ。

私は立ち上がった。

先生は懐かしそうだった。

「郵便局は、もう退職したんですか」

退職したら、また東大に入って勉強したい、と私は以前言っていたのだ。いい加減なことを言ってしまったものである。

学業を断念してしまった理由――懲戒処分

私は東大卒業後、大学院には進まなかった。しかし、四月からC教授の研究室で一年間行なわれる文献講読の演習に、出席させてもらうことになっていた。

東大生としての後半二年間を、私は本郷でひたすらサンスクリット語の修得にあて、卒業にあたっても論文を書いていない。

「特別演習」で卒業したからである。

印哲の卒業生は、ほとんど「特別演習」で卒業する。学部在籍の二年間ではサンスクリット語をはじめ語学の修得で手一杯なのである。

私もそうだった。

というより、語学がほかの人たちにくらべて苦手な私は、誰よりも時間だけは長く勉強したはずである。

そうでなければ、とても追いついていけなかったからである。

だから、卒業してからももっと勉強を続けたかった。

学部の二年間は語学漬けで、肝心のインド哲学の勉強をあまりしていない。私はC教授からもっと深くインド哲学を学びたいと思っていた。

そこで、先生にお願いして、卒業した年の四月から、一年間、先生の演習に聴講生として参加させてもらうことになったのである。

四月から七月まで、週一回、月曜日四限。私はC教授の研究室に通った。

だが、せっかく参加させてもらったのに、私が授業に出席できたのは夏学期（四〜九月だが、実際の授業は七月末まで）だけであった。

郵便配達の仕事上のミスで、私は職場で懲戒処分を受け、大学に通うのをやめてしまったのである。

夏学期のあいだ、週一回、私は一度も休まず本郷に通っていた。仕事は、授業のある毎週月曜日は休みをとっていた。大学を卒業しても、B副班長は私に自由に休みをとらせてくれていた。

八月、仕事中に、私は紐で把束《はそく》してバイクの荷台に積んでいた普通郵便物一束（一八通）を盗まれて（？）しまったのである。

正午前に紛失がわかり、発見し局で事情聴取を受け、解決したのは午後八時三〇分ごろであった。私と管理者総出で、さらに夕方配達が終わった同僚の配達員たちが順次加わって、みな必死に探したが、その時間になるまで見つからなかった。

紛失がわかった場所のすぐ近くに小学校があり、夜になると校舎の中のゴミ箱を外に出す。そのゴミ箱の中に、一束把束されたまま入っていたのである。

つまり、日中小学校の校舎の中にあったゴミ箱に入っていたのである。八月とはいえ、夜八時半はすでにまっ暗であった。

私は、自分が落とすことは（荷台に網かけをしてあったので）あり得ない、何者かに盗まれたのだと主張した。

だが、当時の集配課長の判断は違った。彼の結論は、私が郵便物を落とし、その郵便物を誰かが拾い、わざわざ小学校の校舎内のゴミ箱に善意で捨ててくれた、ということだった。

無理で苦しいストーリーだが、それが最終判断になった。

警察に届ける必要もないとのことになり、私は単独の郵便物落失事故として責任をとって懲戒処分（訓告）を受けた。上司の判断である。

だが、もちろん私が悪いのである。

私は郵便物に網かけをして落失、盗難の予防をしていただけで、荷台のフタを閉め鍵をかけておくことを怠っていたからである。

配達員は、バイクを離れるときは、かならず荷台のフタを閉め施錠しなければならない。だが、この日の配達では荷台に大型郵便物を積んでいたため、私はフタもしなければもちろん施錠もしなかったのである。

だから当然、私が悪い。

私は四年前、そのときの二集課長に約束したことを思い出した。

仕事を欠勤するか、何か懲戒処分を受けたら、大学に通うことをやめ、勉強をやめます。そう私は言ったのである。

約束どおり、私は大学へ通うのをやめることに決めた。

C教授に連絡し、職場での不始末のため懲戒処分を受け、これ以上勉強を続けることができなくなった、と申し出たのである。

その後、私は二度と東大の研究室に行くことはなかった。

四五歳であった。

その後、六〇歳で郵便局を定年退職するまで、勉強のことはもう考えなかったのである。

勉強してもよかったのだし、そのほうが当たり前であろう。誰も文句を言わない。だが、私は、私のことをよく知っている人はわかるだろうが、そういう人間である。いいのか悪いのかわからないが、私はそういう人間である。

私の授業用の大学ノートには、見開き一つを一単位として、学生時代と同じように予習をし、授業で先生が言ったことを写し、家で復習した跡がいたるところに残っている。

見開きで一九六個目（ノートのページ数では三九二ページ）まで予習をやってあり、見開きの一〇三個目まで授業の記録がある。そこまでノートはまっ赤っ赤である。一〇三個目の見開きの右下に、私の字で、

七月一六日（月）四限、ここまで。
次回は一〇月最初の月曜日。

そして、終わりである。

そのあとのすべてのページは、私が予習をしてあるだけで、あとは何もない。

郵便物紛失のこの事件のときも、私と上司、管理者たちが郵便物を探しているとき、夕方自分の配達を終え、まっ先に一緒になって探してくれたのは、同じ班のKさんである。続いてスネークスのY君をはじめ、班の人たちが続々ときてくれた。

赤い郵便車数台と、赤いバイクがあちこちにたくさん停まって、郵便局員たちが路上や道端、やぶの中、ゴミ箱の中などを必死に探しているのを見た地元の人たちは、なにごとかと、きっと驚いたことであろう。あたり一面、郵便局員だらけだった。

サンスクリット語の勉強も、インド哲学の勉強も、結局は中途半端なままになってしまった。

六〇歳で郵便局（正確には私がいたのは郵便局株式会社ではなく、日本郵便株式会社だが）を定年退職して、また勉強したい気持ちもあった。だが、しばらくやらないでいるうちに、すっかり忘れてしまった。

C教授に合わせる顔がないのである。この日、最終講義にきたのは、この日を逃すと次にいつ会えるかわからないからである。

だが、一七年ぶりに会ったC教授は、明るく笑っている。

「私もこれからは時間ができるので、いつでも連絡してください。また一緒にやりましょう」

私にとって、こんなにうれしい言葉はなかった。

会場には、老若男女さまざまな人がきていた。中にまだ幼い女の子が一人いる。きっと先生のお孫さんなのだろう、と思った。だが、そうではなかったようである。誰だったのだろう。

最終講義は時おり外国語も交え、最後まで和やかな雰囲気であった。

違う道、違う人生——それぞれの軌跡

最終講義のあとの懇親会には参加しないので、講義のあと一番大教室を出ようとしたときである。

一度階段を上がって教室の一番上まで行き、出口の扉に向かって歩いていると、背広を着た男性に声をかけられた。

私は最初、誰だかわからなかった。

男性は、

「Bです」

あっと思った。たしかにBさんである。

二学年上。研究室で、研究室の外で、いつも明るく声をかけてくれたBさんであった。

背広を着て、ネクタイを締め、髪も整髪料で撫でつけているような感じである。

少なくとも学生時代の雰囲気とは違う。なんといっても、最後に会ってから二〇年近くの歳月が流れているのだ。

私の同期生たちも（Vさんを除いて）四〇歳前後だから、当然Bさんもそれくらいか少し上である。少し恰幅もよくなったようである。

「小川さんは、全然変わりませんね」

うれしいが、私は六二歳である。年金（厚生年金報酬比例部分）をもらいはじめる年齢なのだ。

学生時代から明るく、元気のよいBさんであったが、貫禄が出てますます後光すら差してきたようだ。

「Bさんは若返りましたね」

誉め言葉とは言えないようなことを言ってしまった。

最後に会ったとき、Bさんはまだ二〇代前半か半ばの若さだった。それ以上若返ったら、子どもである。

さっきから気になっていたことを聞いてみた。

「R君には会いましたが、S君、U君の二人は見ていません。きてますか」

「二人とも地方の大学ですから」

S君は愛知、U君は京都の大学で教えているのである。Bさんも二人の姿を見ていないようだった。今日はきていないのだろう。

懇親会には出席せず帰ります、と私は言った。

Bさんはうなずいた。

「ところで、今度、僕の本が出ます。読んでください」

「へー、わかりました」

「新書で、初期仏教の本です」

そのときは私は知らなかったが、Bさんは准教授になっていた。

そんなに偉くなっているとは思わなかったのだ。すっかり昔どおりの口のきき方をしてしまった。

Bさんはにこにこして、自信にあふれている様子だった。いい研究ができているのだ。

私は、彼とは全然違う道を歩んだ。だが、それが人生である。

C教授の最終講義が終わり、帰路、私は本郷通り沿いの和菓子店「寛永堂」で、妻へのおみやげとして桜の、季節限定の和菓子を買って帰った。

二一年前の今日、私は東京ドームのスーベニアショップで二人の息子にはおみやげを買ったが、妻には何も買わなかったのだ。東京大学新聞は買ったが、それだけだった。

やっと買った。

息子たちにおみやげを買いたくても、渡す相手は、もう家にいない。

ずっとずっと待っていた――カミュと内田樹

二〇〇一年（平成一三）三月、私が東大を卒業した月、冬弓舎という出版社から、内田樹氏の単行本『ためらいの倫理学』が出版されている。

私がこの本をはじめて読んだのは、角川書店で文庫化されたのちの、二〇〇八年（平成二〇）のことであった。

東大を卒業はしたが、仕事上のミスで大学の授業への出席をあきらめ、勉強をやめてしまってから数年後である。私は公私ともに中途半端なままであった。

文庫の解説は、作家の高橋源一郎氏である。

高橋氏は、今年（二〇一八年）三月まで、私の母校、明治学院大学で教鞭をとっていた。

解説のタイトルは「ずっとずっと待っていた」。

だが、この本を待っていたのは、彼だけではなかった。

私は一六歳でアルベール・カミュの『異邦人』『ペスト』『反抗的人間』などを読み、そしてサルトルとの論争『革命か反抗か』を読んで以来、三五年以上、この本を待っていたのである。

私は、この本を読みはじめてからしばらくすると、だんだん身体の震えが止まらなくなってきた。高校二年生のときカミュの本にのめりこんで以来、三〇年以上のあいだ、私がなんとかして表現したいのに言葉にできないでいたことが、この本にはすべて書かれているではないか。

この人（内田氏）は何者なんだろう。

あたりが暗くなるのにも気づかず、私は何時間も読みつづけた。あたりが暗くなるのに気づかず本を読みつづけたのは、たぶん『異邦人』以来である。

私は、ずっとずっと、ずっとこの本を待っていたのである。

アルベール・カミュの作品のテーマの一つは、「暴力はどこまで許されるか」ということである。人間にとって、暴力は不可避である。しかし、暴力はどこまでなら許されるのか。

私は高校二年生（一六歳）のとき、『異邦人』をはじめて読んだ。

『異邦人』では、主人公ムルソーは殺人を犯す。カミュはこの作品において、「一対一で、まったく平等な条件で、しかもみずからの命を危険にさらしていれば」という厳しい条件付きで、人は人を殺すことができる、暴力は許容されるとした。

実生活においても、カミュは、第二次世界大戦中のドイツに対するフランスのレジスタンス活動で、勇敢で「男らしい」態度と行動を貫いた。ムルソーと同様、彼は実際に上の条件が満たされれば、殺人も辞さない覚悟をもっていたであろう。

カミュは、長身で、いい男で、文学的才能が豊かで、女にもて、「男らしい」。私がカミュに「惚れた」理由の一つは、彼の「男らしさ」であった。

しかし、彼は暴力を行使するとき、もう一つ疑問符を付け加えることを忘れなかった。

相手の顔を見て、目を見て、それでも人を殺すことができるだろうか。

ムルソーは殺人の瞬間、太陽と、睫毛《まつげ》を伝って滴《したた》り落ちた汗のため盲目となり、相手の顔と目を見ることができなかったのである。もし、「殺すな」と訴えかけてくる相手の目を直視していたら、それでもためらわず人を殺すことは可能か。

殺人は、ムルソーの言うように、「太陽のせい」なのかもしれないのである。

『異邦人』のあと、『ペスト』と『反抗的人間』において、カミュは今度は、人を「正義」の名のもとで裁くときに暴力（死刑、殺人）をもってすることができるか、という問いに対して、ためらい、堂々巡りをくり返したのち、否定的な答えを出す。

実生活でも、終戦後、フランス国内のドイツ協力者に対する「粛清」「処刑」を目のあたりにして、カミュは逡巡をはじめる。結局、彼は当初の考えを取り消し、「死刑囚」の助命嘆願書にサインしたのである。

私がカミュに「惚れた」理由の二つ目は、彼の「男らしさ」の中にあるこの「優しさ」であった。

しかし、いったい、カミュの考えに何が起こったのか。

『ためらいの倫理学』で、内田氏は『反抗的人間』を貫く主題は、「正義の名において人を殺すことは許されるか」であり、この本を駆動した力は、「正義の暴力」に対するカミュの「ためらい」そのものであった、と述べている。

自分が「悪」をなしていると信じて戦争をはじめる者は誰もいない。みな、自分は被害者であると固く信じて戦争に挑むのである。ナチスドイツも、その協力者たちも、例外ではない。それを、人は躊躇なく裁くことができるのだろうか。自分の手はそんなにきれいなのだろうか。

《罪あるものを前にしても、なおそれを断罪する資格が自分にあると言い切れない主体の遅疑。正義を明快な論理で要求しながらも、いざ正義の暴力が執行されるときになると、正義があまりに苛烈《かれつ》であることに耐えられなくなる柔弱。自分の手が汚れていないと言い切るには、あまりに深く現実に手を染めてきていることへの疚《やま》しさ。》

（内田樹『ためらいの倫理学』）

「遅疑」とは、疑い迷ってためらうこと、ぐずぐずして決行しないこと（『広辞苑』）である。

「反抗」という言葉の語感に惑わされてはいけない。「反抗的人間」とは、「ためらう人」なのである。このようなカミュのあいまいなスタンスは、ある意味では倫理的にも知的にもきわめて誠実なものだ、と内田氏は言う。

私が一六歳でカミュに強く魅力を感じたのは、彼の人間性であった。「男らしく」しかも「優しい」。タフでなければ生きていけないが、優しくなければ生きる資格がない。フィリップ・マーロウか、ハンフリー・ボガートのようである。

しかし、彼の「中途半端性」を、彼の生きた時代と、論敵サルトルは許さなかったのである。

哲学・思想というものが生きていくうえで本当に大切なもの、なくてはならないものだと私が感じたのは、カミュのおかげである。逆に、哲学・思想が嫌になったのは、サルトルのせいである。

サルトルは、論争における「不敗の構造」を身にまとって、絶対に自分が負けないことを知り抜いたうえで、カミュに論争を仕掛けたのである。これはルール違反だが、誰もそれに気づかなかった。少なくとも私は気づかなかった。内田氏が『ためらいの倫理学』で指摘するまでは。

「不敗の構造」とは、今の私たちには、たとえばマルキシズムなどでお馴染みのものである。

労働者は弱者である。資本家は強者である。弱者はつねに強者により搾取され、収奪され、虐げられてきた。だから強者は悪であり、弱者は善である。善には世界の姿が正しく見え、何を言っても正しく、許されるが、悪は何を言っても決して許されない。悪は悪の論理でしかものを考えられず、世界が正しく見えていないからである。

これによって、弱者は論争においては絶対に強者に負けない。

労働者を「第三世界」、資本家を「西欧帝国主義世界」に置き換えれば、この不敗の構造は二〇世紀における植民地独立の論理となる。

論争の勝敗の帰趨は、はじめから決まっているのである。

サルトルは、この論理を自分のために利用した。

彼は、みずからも西洋社会、西欧近代社会の一員という「強者」でありながら、それを他人に先んじて「改悛」することによって、自分一人だけはほかの「強者」たちを査定できる地位に逆転させたのである。

サルトルの論旨は明快である。

ブルジョワのフランス人である自分は、非西欧世界に対する侵略者・簒奪者であったことを認め、謝罪し、改悛した。なぜおまえたちは謝罪しない。なぜおまえたちは悔い改めない。自分はおまえたちを攻撃し、否定する権利がある。自分は非を認め、悔い改めたからだ。おまえたちは何も言う権利がない。おまえたちは非を認めず、悔い改めていないからだ——。

サルトルは、こうやってほかのすべての西欧人の上に君臨したのである。彼はこの立場に立って、カミュとの論争に挑んだのであった。

サルトルは被抑圧者の名において、「正義の暴力」を主張する。

カミュが暴力にためらうとき、サルトルにはカミュの深い意図が理解できなかった。暴力は不可避である。だが、だからといって、暴力は正当化されるのだろうか。

サルトルは、被抑圧者の名において、「正義」の名において、カミュを断罪する。おまえは抑圧者の側の人間だから、何を言う資格もない。こうやってカミュを追いこんだのである。

カミュの言う「反抗」は、なぜ「革命」ではいけないのか。だが、こう言ったとき、サルトルはカミュの思想の深さをまるでわかっていなかったのである。

《サルトルは第三世界の被抑圧者の前に頭を垂れ、侵略者・簒奪者である帝国主義フランスのブルジョワである我が身を「恥じ入り」、そうやって手に入れた「改悛済み」の特権に基づいて、すべてのブルジョワ知識人に君臨したのである。

(中略)

結果的に彼は同胞に「先んじて」恥じ入ることによって、同胞の改悛の度合いを査定するという「審問官」の特権を手に入れた。そして、恥じ入ることによって彼が「手に入れたもの」は、それによって彼が「失ったもの」よりおそらく多かったのである。

私はサルトルが間違っていると言っているのではない。サルトルは正しい。正しすぎるほどに、正しい。しかし、「正しすぎる」ことは、時には「正しさが足りない」と同じくらいに有害でありうる。》

(『ためらいの倫理学』)

私はサルトルがカミュを断罪すればするほど、何かが違う、絶対におかしいと思いながら、もちろん反論することなどできなかった。サルトルは、カミュを断罪しただけでなく、西欧知識人ではないこの私をも断罪し、自信を失わせたのである。

サルトルは私にとっても有害な思想家であった。

サルトルはこのように、「審問官」「裁判官」になり、他人の上に君臨しようとした。

一方、カミュが徹頭徹尾固執するのは、決して「審問官」「裁判官」にならないことである。彼はどこまでも謙虚であった。

『ためらいの倫理学』の「あとがき」で、内田氏は次のように書いている。

《アルベール・カミュの思想的な主題は「父にならないこと」であった。カミュについては、詩的表現力は豊かだが、哲学的省察に乏しいという文学史的評価があるようだが、私はそうは思わない。カミュは二〇世紀において、もっとも射程の遠い思想を語った一人だと私は信じている。》

「父にならない」とは、他人の上に君臨しない、審問官の立場にならない、さらに言えば、「神にならない」という意味である、と私は理解している。

『ためらいの倫理学』を読んで、私は、カミュは救われた、と思った。本当にうれしかった。内田氏に感謝しなければならない。彼はカミュをサルトルの呪縛から解き放ち、復権させてくれたのだ。そう考えていた。

しかし、本当はそれだけではなかった。

私は、カミュのためだけでなく、自分のためにも感謝すべきだったのである。『ためらいの倫理学』は、カミュだけでなく、つねにためらい、優柔不断で、中途半端だった私をも救ってくれたのである。

私は、一六歳のときに、カミュの中の「男らしさ」を愛し、同時に、彼の中にある暴力へのためらい、中途半端さを、彼の「優しさ」として愛した。

私がボクシングをはじめたのも、「一対一で、まったく平等な条件で、みずからの命を危険にさらせば」、私はどのくらい暴力的になることができるのか、それを知りたかったからである。それだけではないが、それが理由の一つである。

だが、体調が悪くなればなるほど、私は自分に自信を失い、何かにつけ悩み、ためらい、中途半端になった。

だが、私は『ためらいの倫理学』を読んで、少し救われたのである。

悩み、ためらい、中途半端なのは、誠実さの一面かもしれないと思うようになったのである。

自分はつねに正しく、「正義」の人間であると信じている人こそが、じつはより多くの害をもたらしているのではないか。

サルトルのように。

カミュのためらいが誠実さの証しであるなら、彼ほど「男らしく」はないかもしれないが、私の迷い、逡巡もまた、誠実さの証しなのではないか。

過ぎたこと、終わってしまったことはもう取り返しがつかないが、私はこれからも精一杯誠実であろうと努め、ためらいつづけながら生きていってもいいのではないか。

そう考えることにした。


うれしいことが一つあった。

最近知ったことだが、カミュは『ペスト』の執筆にあたり、ハーマン・メルヴィルの『白鯨』を参考図書としてくり返し「精読」していたそうである。

私に文献「精読」の奥深さ、面白さを教えてくれたのは、東大教養学部時代の恩師（精読の先生）である。この恩師は、日本におけるメルヴィル研究の第一人者であり、「日本メルヴィル学会」の会長でもある。私は『白鯨』と、この恩師の本をもう一度精読し、その成果を恩師に報告しようと思っている。

創部五〇周年記念祝賀会――ボクシング同好会

二〇一六年（平成二八）、私は六〇歳になり郵便局を定年退職した。

その年の一一月、明治学院大学体育会ボクシング部創部五〇周年記念祝賀会が開かれることになった。

明治学院大学にはじめてボクシング愛好会が生まれたのは、一九六六年（昭和四一）のことである。

初代メンバーは、男ばかり六人の六六年度生で、私より一〇年上級であった。

一九六八年（昭和四三）には体育会の同好会に昇格し、また女子のマネージャーも入部した。彼女は、関東大学ボクシング連盟史上初の女子マネージャーとして、朝日新聞にも記事が掲載された。

さすがは当時、男女共学四年制大学として日本一の女子比率の高さを誇っていた明治学院である。

そして、二〇一六年（平成二八）。計算すればわかるように、ボクシング部（当初愛好会→同好会→部）は創部五〇周年を迎えた。

一一月一三日（日曜日）に、白金キャンパスで記念祝賀会が開かれることになったのである。

ＯＢ会長の開催呼びかけに応じて、実行委員会の委員長になったのは、Ｎ先輩であった。

私の三年先輩である。

私が入学したとき、Ｎ先輩は四年生であった。高校時代は、兵庫県の高校でボクシングをやっていた。相当強かったようである。

私たち一年生は、四年生でいつも練習に顔を出し、試合でもかならずセコンドを務めてくれるN先輩に、ボクシングのイロハから教わった。私たちの恩人である。

ただ、私は自己流で、入学前からプロのジムでトレーニングをはじめていたこともあって、N先輩が教えてくれようとした防御主体、ストレートパンチを打ちつづけるきれいなアマチュアボクシングではなく、プロのジムで攻撃一辺倒のボクシングスタイルを好んで学んでしまった。もちろんジムで防御を教えてくれなかったのではなく、学ぼうとしなかったのである。

いつ身体を決定的に壊してボクシングができなくなるかと恐れて、先を急ぎすぎてしまっていたのである。私のボクシングスタイルが、ほかの選手たちとまったく違うのは、そのためである。

あるとき、相手の反則パンチのあと倒れて、立ち上がりかけた私に、

「立つな。寝てろ」

とセコンドで囁いたのは、N先輩である。

別の試合中、

「絶対にまっすぐうしろにだけは下がるな」

とアドバイスをしてくれ、右手首を痛めたため逃げまわって左ジャブをちょんちょん突いているだけの私に、

「アマチュアはそれでいい。勝ってるぞ」

と励ましつづけてくれたのも、N先輩である。

彼は、アマチュアボクシングが本当に好きなのである。

初代OB会長のAさんがこの年、会長を勇退して、二代目の会長になったのはN先輩であった。ちなみに、副会長は私である。

祝賀会当日、私は自宅から新宿経由で五反田まで電車で行き、さらに都営浅草線に乗り換えて一駅、高輪台で降りた。

四〇年の歳月が、街並みをすべて変えていた。

大学の構内も同様であった。チャペルは昔どおりだが、その奥の中央グラウンドがない。左手の卓球場もなければ、右手の大学食堂「ベールシバ」もない。ほとんどが変わっていて、私の知っている明治学院大学ではなかった。

でも、それが四〇年なのだ。

本館に入り、エレベーターで一〇階まで上がる。大会議室の前には受付が設けてあり、現役の女子マネージャー二人が私を迎えてくれた。

中を覗くと、私の到着が早かったため、現役の選手たちがテーブルや椅子を運んでいて、会場の準備のまっ最中であった。

少しのあいだ、彼らを見ていた。

東大に行かなくなって一〇年以上、本郷だけでなく駒場にも一度も行っていなかった私を、再び駒場キャンパスに連れていってくれたのは、じつは彼らである。

文京区ボクシング大会（オープン戦）というのがある。

私は知らなかったが、東大構内（駒場）で行なわれる試合であった。

四月七日。春休みの最中に大会があり、後輩たちのうち二名が出場したのである。

私も応援に行くことにしたのだが、私は昼すぎまで別の用事があり、到着したのは夕方遅くだった。午後一時から、格闘技場で行なわれていた試合は、まだやってはいたが、私が覗くと、明治学院の選手、ＯＢ、コーチたちの姿は見えなかった。

私は駒場キャンパスを一周して帰ることにした。

昔、「スポーツ・身体運動」の授業で、スポーツ刈りのＤ君と毎回トップを争って走ったグラウンドの脇にある格闘技場から、正門に向かって歩きながら、私が思い出していたのは、今日と同じ四月、入学式の前に、サークル勧誘であやうく拉致されかけたこと、クラス担任のＡ先生を見て本当に東大の先生かと驚いたこと、スペイン語会話のＢ先生を見てもっとたまげたこと、英語Ⅱ（精読）の授業のおかげで東大に居場所を見つけたこと、そして文Ⅲ８Ｈ（スペイン語クラス）の人たちのこと、などであった。

語学クラス。もちろんただの「幻想の共同体」である。しかし、私もその一員だった。楽しいことしか思い浮かばない。本当に懐かしかった。

あれから二〇年が経った。

明治学院と同じように、東大も今では私の母校であった。

そして、あとで聞いたところでは、明学の二人の後輩は、その日二人とも東大の選手と試合をし、勝ったそうである。いつの間にか、後輩たちは東大の選手に勝つほど強くなったのである。私は第二の母校、東大の選手たちのために少し複雑な気持ちになったが、明学の後輩たちが逞しくなってくれたことは本当にうれしかった。

私の「青春」は、やはり、明治学院大学とともにあるからである。


祝賀会には現役部員、OBのほか、来賓も多く参加して盛会であった。

最初に挨拶したのは、実行委員長のN先輩である。校歌斉唱に続き、OB会長Aさんの挨拶。

そのあとの部長挨拶は、M先生である。日本体育大学卒で、現役時代はフライ級の日本ランキング選手である。部員もいるんだかいないんだかわからない、練習もしてるんだかしていないんだかわからない、そんな状態だったボクシング同好会を、卓越した指導力と、数人のやる気のある現役部員を得て立て直してくれたのはM先生である。

じつは、ボクシング同好会をそんな状態にしてしまったのは、この私の責任である。明学卒業後、私はボクシング同好会の監督になった。私の上に総監督としてAさんがいたが、実質的に私が指導を任された。

私が毎週のように練習に顔を出したのは、卒業後半年だけである。

半年後、私は病気治療のために会社を休職し、大学には顔を出さなくなり、復職後もそのままの状態で、ほとんど練習に顔を出さないままになってしまった。

部員もしだいに減り、いつしか私のところに連絡もこないようになった。私は気になりながらも、そのままにしていたのである。

そんなとき、一九八七年（昭和六二）、M先生が救世主のように現れたのであった。

私は一九九〇年（平成二）、ボクシング同好会がボクシング部に昇格し、関東大学トーナメント五部で優勝して、四部との入替戦に臨むという突然の連絡を受けて、本当にびっくりしたのである。

そのころ私は体調不良を理由に転職をくり返し、結婚してやっと郵便局に腰を落ち着け、生活がなんとか軌道に乗ったばかりだった。私は、ボクシング同好会のことは、もう忘れていた。

しかし、監督の私がいないところでも、ボクシング同好会の命は脈々とつながっていた。

連絡して会いに行くと、M先生や後輩たちには合わせる顔がないにもかかわらず、みなあたたかく迎えてくれたのである。

私が、もう一度勉強しよう、と受験をはじめたのは、その翌年からだった。

祝賀会はM先生の挨拶のあと、来賓祝辞、乾杯、歓談、功労者への記念品贈呈へと進み、OB・OGのスピーチになった。数人のスピーチのあと、私の番になった。

私は何が苦手といって、話をすることほど苦手なことはない。しかも、大勢の人の前でのスピーチなど顔が疲れるしもってのほかである。

アルコールで神経が麻痺していればなんとかしゃべれるが、少しの酔いではダメである。

だが、私はボクシング部の五〇年の歴史で、監督を務めた数人のうちの一人である。

マイクを前に、何を言おうか考えた。

そして、現役の選手とマネージャーたちに対して、次のことだけをくり返し言った。

「ボクシングを好きになってください。仲間を好きになってください。大学を卒業したら、長い長いOB・OG生活がはじまります。私たちと一緒に、いつまでも仲よくやりましょう」

私は、それ以外には何も言えなかったようである。四〇年前から、長くしゃべると、左顔面が疲れてしゃべれなくなってしまうのである。

スピーチを終え、一人の同期生のことを考えていた。

私と一緒にボクシング同好会に入り、一年足らずで練習にこなくなってしまったが、一緒に汗を流した仲間がいるのである。

M君という、身体の大きい、優しい性格の男であった。彼が練習をやめてしまったのは、私のせいである。

彼は入部当初から、練習にはきたりこなかったり、であった。やる気がなかったのではない。練習にくれば、私たちと同じメニューを同じようにこなした。彼には彼の事情があり、たかが大学の同好会なのだから、自由に参加してもしなくてもかまわなかったのに、私は彼があまり練習にこないのが不満であった。

一年生の終わりごろ、私はすでに三試合経験し、M君はまだデビューしていなかった。

彼が何週間ぶりかで練習に顔を出した。

私は彼に、

「スパーリングをやろう」

と言って、手加減せず、彼を思いきり殴りつづけてしまったのである。

彼は身体が大きく、体重もある。私は当時慢性的に右手首が痛く、強いパンチは打てない。手加減しなくても大丈夫だろうと思い、本当に思いきり殴りつづけた。そして、スパーリング終了後、彼に、

「もっと練習にきて、もっとちゃんとやらないとダメだ」

と、そう言ったのである。

監督でもコーチでもない私が、そう言ったのである。彼は呆然としていたようである。何も言わなかった。それから、彼は練習に現れなくなった。

彼が姿を見せなくなってから、私は自分にあんなことをしたり、言ったりする資格があったのだろうかと考えるようになった。私だって、そのころは授業にほとんど出ない不良学生だったのである。

そして、後悔してしまった。

だが、その後も彼と会うことはめったになく、何一つ話をすることができず、そのまま卒業した。

彼もボクシングの練習には卒業までもうこなかった。

それっきり、彼のことは忘れていた。

しかし四年後、思わぬところで、思わぬ形で再会したのである。

私は妻と付き合っていて、あちこちデートに行っていた。映画だけではなくなって

いた。もうすぐ結婚式だった。彼女の手編みのセーターをお揃いで着て、東京ディズニーランドに行った帰り道、電車に乗ると、目の前にM君が座っていた。びっくりした。

彼は私を見ると、隣りにきて座った。

妻を見て、

「小川の妹？　紹介して」

と言った。

ペアの手編みのセーターを着て、ディズニーランドに二人でくる兄妹がいるだろうか。

妻を紹介すると、

「へえー、カノジョ？　ずいぶん年が離れているみたいだね。犯罪だな」

にこにこしながら、なんの屈託もなく言った。

妻は、今でこそそんなに若くは見えないが、当時は私とは一〇歳以上年が離れて見えた。実際は五歳違いである。きれいという感じではなく、かわいい感じの女性であった。

大学時代、私が好きだったM子は、かわいいという感じではなく、きれいな女性である。そこが違う。正反対である。

私は妻に、

「ボクシング同好会の同期生、仲間だよ」

と紹介した。

そのときは、本当にそう思うようになっていた。彼は私の同期生、仲間である。M君にスパーリングのことで話をしようとふと思ったが、しなかった。横に妻がいたからである。

M君は最後までにこにこしていた。彼の実家は、赤坂で商売をしているという話だった。

彼は、その修業のため、しばらく浦安で働いているのだという。

本当の都会人で、明るく屈託のない、いい男なのである。私のように屈折したところがない。

スパーリングの話なんかしなくても、わかってくれたのだろう。あるいは、はじめから全然覚えていないかである。

私たちは電車で別れ、その後会うことはなかった。

祝賀会が終わった。A会長は帰宅することになったが、残りの多くの者は、そのまま二次会に行くことになった。

品川駅まで行き、偶然入ったのが木村屋本店というパン屋のような名前の居酒屋である。

大人数だったので二つのテーブルに分かれ、私はM先生や川中と一緒になった。もう一つのテーブルにはN先輩がおり、その正面に女子マネージャー二人が座っていたが、店の主人らしき人が何やらマネージャーたちに話しかけている。

話を聞くと、女性に人気の「フルーツスムージーローストしゃぶしゃぶ鍋」という異様な名前のビジュアル鍋がメニューにあり、フジテレビの『ノンストップ！』という番組が取材にきている。撮影に協力してほしいとのことである。もちろん協力のお礼としてお鍋は無料である。

私たちのテーブルではないので、どんな味のものか謎だったが、三日後に放映された番組を見ると、スープはマンゴーと摺りおろしリンゴである。それに、パイナップル、オレンジ、キウイ、ブドウ、イチゴ、レモンの六種の果物を、肉と一緒にしゃぶしゃぶして食べるのだそうである。

インタビューを受けて主に答えていたのは、二人の女子マネージャーではなくN先輩であった。

肉がなくても、十分うまそうである。試合前の減量食としてもいけそうだな、と思いながら私は見ていた。もちろん私はもう二度と試合には出ない。応援だけである。

そのとき、テレビの画面にほんの一瞬、私の姿が横切り、消えた。

私は思い出していた。

四一歳で東大に合格したあのとき、私はテレビに出演するのを断わった。

それから二〇年ほどが経ち、TBSではなくフジテレビで、『JNNニュースの森』ではなく『ノンストップ！』という番組で、私は「テレビデビュー」を果たしたのであった。

長いようで短い、あっという間の二〇年であった。さらにその前の二〇年を入れると、あっという間の四〇年であった。

謝辞

『41歳の東大生』を最後までお読みいただき、ありがとうございます。

この物語は、主として私の二度の大学生時代を描いた実話ですが、本文中、数多くの方がたを登場させていただきました。特に、東京大学の学生だったときの恩師、同期生の方がたについては、三〇人以上にも及びます。そのうち一人でも欠けていたら、私の四年間はなかったと思っています。また、すべて仮名にさせていただきましたが、なかにはどうしても連絡をとることができなかった方や、私の「語学クラス」、文Ⅲ8H（スペイン語クラス）の同級生のうち、残念ながら紹介できなかった方も多くいます。出版にあたって、すべての方がたに、改めて心からの尊敬と感謝の思いを捧げたいと思います。

一方、今回、二〇歳から二四歳までの「青春」時代を過ごした明治学院大学での四年間、特にボクシング同好会の部員としての出来事、思い出をほとんど書くことができませんでした。

私の青春の「原点」は、やはりそのころにあります。

そのころの思いが、私を鍛え、のちに東大合格から入学、卒業へと駆り立てた原動力となったのだと考えています。

「あとがき」に代えて、同じ青春時代をともに過ごした明治学院大学ボクシング同好会（現在はボクシング部）の「仲間」たちの何人かをここに紹介して、私の最大限の感謝の気持ちをあらわさせていただきたいと思います。

本文中、「明治学院大学体育会ボクシング部初代OB会長Aさん」とあるのは、浅妻信弘先輩です。この名前を聞いて、東京ディズニーランドの歴史に詳しい方なら、あるいはご存じの方がいるかもしれません。明治学院大学にボクシング部（スタートは愛好会）を誕生させた浅妻先輩は、私の一〇年上級生ですが、また、東京ディズニーリゾートの誕生と発展の立役者の一人でもあります。

私が明治学院大学の二年生になったとき、浅妻先輩はボクシング同好会の監督に就任しました。当時は製薬会社勤務でしたが、三〇歳くらい、男前で、面倒見がよく、部員たち誰からも尊敬され、信頼されていました。その後、一九八三年に開園した東京ディズニーランドを運営するオリエンタルランドに部長職の社員として入社、のちにディズニーランドに隣接するイクスピアリの社長、会長を歴任しました。

二〇一一年、東日本大震災のとき、会長職だった浅妻先輩は、イクスピアリ内の映画館（シネマコンプレックス）すべてを開放し、帰宅困難者、避難してきた人たちに飲み物その他必要とされたものを無償提供しました。その英断を簡単に下しました。そして、翌朝まで陣頭指揮をし、避難者のために率先して働きました。

その浅妻先輩が、初代OB会長なのです。

本文中、ボクシング部部長の「M先生」とあるのは、森田恭光先生です。

森田先生のボクシング部に対する功績は、本文に記したとおりですが、先生の情熱と指導力、人間的魅力がなかったら、絶対にできなかったことです。

現在も、明治学院大学教授、ボクシング部部長であるだけでなく、体育会会長という要職でも活躍中です。

本文中、私より三年上級の「N先輩」とあるのは、永島康宏先輩です。

本文中にあるように、高校時代はボクシングの選手でしたが、大学に入ってから最初の三年間は、ボクシングとは無縁でした。「コール・ディ・ゾンネ」という合唱サークルに入って、「歌を歌って」いたのです。四年生になり、このあと紹介する私の二人の同期生、記伊哲也君と島崎桃子さんとともにボクシング同好会の練習を見学にきて、そのまま入部しました。そして、わずか二か月の練習ののち、六月に東京都のオープン戦に出て勝ち、一戦（一勝）で選手としては引退しました。しかし、そのあと今度は自分のためではなく、私たち後輩のために信じられないほど尽くしてくれたのです。本文にあるとおりです。

卒業後は長くアシックスに勤務、物心両面で後輩のサポートをしつづけてくれました。現在でもほぼ毎週のように練習に参加し、現役部員たちの指導をしています。いまだに現役部員とグローブも交えているようです。

次に紹介するのは、ボクシング同好会の私の同期生たちです。

私と同期で、主将を務めていたのが、記伊哲也君です。彼は、三年生のときに東京都チャンピオン、関東チャンピオンになりました。全日本選手権でも、一回戦に勝ち、バンタム級（五四キロ級）のベスト一六となりました。

彼は高校でもボクシングをやっていましたが、弱かったそうです。大学でも、六月の最初の試合（私のデビュー戦もこのときでした）ではレフェリーにストップされて負けました。しかし、そこから自分に合った練習方法と試合スタイルを模索し、見つけだしたのです。二戦目で勝つと、三年の夏に全日本選手権（二回戦）で敗れるまで勝ちつづけました。

明治学院では伝説の選手です。しかし、彼の本当にすごいところは、ボクシングで一流の成績を残しながら、同時に合唱サークル（ゾンネ）に所属し、さらに教員免許（社会）を取得して、卒業後に地元・福岡で中学校の教師になったことであると私は思っています。一つもいい加減にしませんでした。若いころから文武両道、しかもすべてが一流です。

一つのことに秀でた者はいくらでもいます。しかし、二つ以上になると、並ではできません。彼はそのハードルを、軽々と飛び越えました。

現在、彼は福岡県大川市の教育長を務めています。数年前には、小学校の学校事故で、市の責任者として、テレビで謝罪会見までやっていました。

副将を務めていたのが、髙崎俊幸君です。彼は、実家が愛知県の寺院（曹洞宗金西寺）であり仏教徒でありながら、キリスト教ミッション系大学である明治学院に入学しました。石原慎太郎の『太陽の季節』を読んで触発され、ボクシングをはじめたそうですが、ユニークな経歴の持ち主です。頭が柔軟なのです。試合前には、減量をしながらひたすら『正法眼蔵』を読んでいました。

彼の最初の試合は、一年生の一一月三日、文化の日に行なわれた茨城県の笠間稲荷神社での奉納試合でしたが、ふだん七〇キロ以上ある彼の、このときのクラス（階級）は、ライト級（六〇キロ級）でした。一方、ふだんから六五キロ以下の私のデビュー戦は、ライトウェルター級（六三・五キロ級）でした。いかに彼が頑張って苛酷な減量に耐えていたか、私にはよくわかります。

私は彼のおかげで、明治学院にいたころから、『正法眼蔵』『正法眼蔵随聞記』も少し読み、『般若心経』も知りました。二〇年以上経って、私が東大でインド哲学の勉強をはじめることになったのも、僧侶になった彼の影響が大きかったのかもしれません。

現在、県内にある三つの保育園の理事長でもあり、教育者としても活躍しています。学生時代から、私が変わらず敬愛する親友・川中紀行君は、この物語の本文中にもたびたび登場します。

川中は、ボクシング部員としては、同じ大会に同じ階級・フェザー級（五七キロ級）で出場したこともあるライバルであり、練習相手でした。彼は我慢強く、スタミナがあり、「打たれ強い」人でした。打たれ強いのは、精神力が強いからです。ちょっとやそっとではへこたれないのです。

学問に対する態度でも、彼は私がもっとも手本とする存在でした。ダメ学生だった私が学問に対する興味だけは失わなかったのは、彼がいたおかげです。卒業後も、お互いに独身のあいだは毎月のように二人で映画を観て、その後、新宿ミラノ座地下にあった「バグパイプ」というスコッチパブでウイスキーを飲みながら、映画論、文学論、競馬論を交わしたのです。彼と語ることは本当に楽しく、彼によって私は知的好奇心を刺激されつづけてきました。現在もコピーライターとして活躍中で、ますます多忙を極めています。

同期生のうちの唯一の女性、島崎桃子さんは、ボクシング同好会のマネージャーであり、歌姫であり、同好会きっての才媛でした。本文中、文Ⅲ8Hのクラスメイトの一人、Yさんを紹介するときに、私は次のように書きました。

「Yさんは桜蔭高校出身である。明治学院大学で同期の、ボクシング同好会の女子マネージャーも桜蔭だったから彼女とは先輩後輩である。彼女もやはり才色兼備なのだ。明学も東大も、才色兼備ばかりである」

この才色兼備の女子マネージャーが、島崎桃子さんです。当時は今と違って、他の大学にもボクシング部の女子マネージャーはまだ珍しい時代でした。私の知るかぎりでは、そのころは國學院大學に一人いたくらいでした。そんな中、彼女は練習、試合、合宿、コンパと、いつも私たちとともにいて、心の支えになってくれたのです。最近はメールでしかやりとりをしていませんが、東京都の社会福祉団体の理事長として、ますます元気で活躍しています。

本文の最後に登場した私のもう一人の同期生、「M君」については、残念ながら連絡をとることができませんでした。きっと元気でいることと思います。それ以上、何もわかりません。

私の同期生たちは、以上ですべてです。みな素晴らしい仲間たちでした。私が明治学院大学の卒業生であることを誇りに思っているのは、彼らの存在が一番大きかったのです。そして、私もまた彼らが誇りに思えるような人間にならなければ、と長いこと思いつづけていたのです。

最後に紹介するボクシング部員は、一九八六年入学、私より一〇年下級生の吉田政弘君です。

本文中にあるように、監督でありながら練習に顔を出さず、ボクシング同好会からの連絡も絶えてもうあきらめていた私に、何年も経ってから突然連絡をしてきて、それからもくり返し連絡をくれるようになったのが吉田君です。彼は森田先生のもと、選手としても優秀だったようですが、卒業後、事務的な面でも、また五〇周年記念祝賀会の裏方のようなことまでも、いろいろとボクシング部のために尽くしてくれました。

彼は、卒業後は埼玉県の公立高校の英語教師をしています。私も、身内に公立中学校の英語教師がいるので、公立高校の教師の仕事の大変さはなんとなくわかります。しかし、彼はそんなことは少しも感じさせません。自分を成長させてくれたボクシングと、ボクシング部に恩返しがしたいのだそうです。私もまったく同じことを考えています。浅妻先輩が一九六六年入学、私たちの代は一九七六年入学、吉田君の世代は一九八六年入学です。一〇年上と一〇年下、私は本当に素晴らしい先輩と後輩に恵まれたのです。

次に、東大に通っていたとき、私の職場だった江戸川郵便局の同僚の方がたを紹介します。

本文中、「M班長」とあるのは、前島俊夫さんです。

前島班長は、高校野球の名門校、神奈川県の法政第二高校の出身で、野球部の選手でした。本文に書いたように、ヤクルトスワローズの入団テストを受けたこともあります。仕事のうえでは温厚な人で、彼が班長でなかったら、私は東大に入学しても通いきれなかっただろうと思っています。本文中、入院中の描写がありますが、退院後も職場に復帰することはありませんでした。しかし、退職後、健康を取り戻し、アマチュア野球の審判員として長く活躍しています。

本文中でも大活躍してくれている、私の配達班の中心的人物、ムードメーカーの「Kさん」は、小林利夫さんです。小林さんには、私はどんなにお礼を言っても言い尽くすことができません。現在、七〇歳近いのですが、元気で仕事を続けています（もちろん、民営化された郵便局ではありません）。

スネークス（野球部）の中心選手、「Y君」は芳元博文君です。私も野球にはいくらか自信がありましたが、彼とはレベルが違いました。大学の野球部からスカウトされる選手は、やはりすごいのです。ふだんの彼は、本当に物静かな好青年でした。そして、小林利夫さんや私と同じように、郵便配達の仕事が好きで、「出世」に興味はなかったようです。現在も、江戸川郵便局の同じ配達班で活躍しています。

本文中の「B副班長」とは、残念ながら連絡をとることができませんでした。勤務指定表をつくるのは本当に大変なのに、B副班長は私が無理なお願いをしても、一度も拒否したことがありません。しかもつねに即決、即答でした。私は彼のおかげで、うしろめたい思いを一度もせずに大学に通いつづけることができたのです。彼は、その後課長になり、他局に転勤していきました。たぶんもっと「偉く」なったのでしょう。当然の人事だと思います。

最後に、この本がこの形で世に出ることができたのは、出版社である草思社の編集長、碇高明さんのおかげです。私は出版社の編集者が、いい本をつくるために、どんなに大変な仕事をしているのか、少しも知りませんでした。

彼は私より一まわり以上年下ですが、じつは東大文学部の五年ほど先輩でもあります。しかも同じ後期日程入試合格組です。彼には本当にいろいろと的確なアドバイスをしてもらいました。彼との出会いがなかったら、この本は完成すらしなかったでしょう。本当にありがとうございました（年下ですが、先輩なので）。

解説――ただ学んでいく、それだけで素晴らしい

本書は、長く郵便局員として配達のお仕事をしながら、そして二児の親でありつつ、一念発起して、もう一度、大学で勉強したい、哲学を学びたいと意を固めて、睡眠時間を削りながら受験勉強に打ち込み、六年かけて東大に合格し、その後も配達員として働きながら、しっかり勉強をして必要単位もすべて取得し、四年後に東大を卒業した小川和人さんの奮闘記です。

どのページを開いても、小川さんの、まっすぐに生きる様子がにじみ出ていて、文章も歯切れがよく、読後感もとてもさわやかです。本文を読まれて、この「解説」をご覧になる読者のみなさまも、きっと同じような感想をもたれているのではないでしょうか。およそ「解説」などを私が添える必要のない、素敵なドキュメンタリーです。

ただ、二十六年間、東大文学部でインド哲学の教員として、私が指導する機会を得た学生たちの中でも、小川さんは文字どおり唯一無二の存在でした。その小川さんから、このたび、『41歳の東大生』の文庫本が出ることになり、その解説をぜひともお

願いしますとのありがたい言葉をいただきましたので、何かしらエールになるようなことが書ければと、即座にお引き受けしたしだいです。いつもキラキラと目を輝かせながら、なにごとも全力投球で臨む、すがすがしい生き方を貫く小川さんの奮闘記に、拙《つたな》い応援歌を書かせていただきます。

小川さんと最初に出会ったのは、東大駒場キャンパスでの「古典語初級・サンスクリット語（Ⅰ）（Ⅱ）」でした。一年間で、古典サンスクリット語の文法のいろはを、ほぼ毎回、練習問題を受講生に解かせながら、実践的に修得してもらうようにと、もっとも安価で使いやすい文法書と自家製のドリルテキストを使って、夏学期は名詞の格変化まで、冬学期は動詞の人称変化の基礎を学んでもらうという授業でした。

「最初の授業のとき、誰もいないのだろうと思って教室のドアを開けると、すでにびっくりするほどの人の数であった。三〇人くらいはいる」（一四七ページ）と小川さんも書いていますが、特に前期は理系の学生が半分くらいを占めていて盛況でした。真面目に勉強すれば良い成績をつけていましたので、進学のために高得点をめざす学生たちも多く出席していましたが、もちろん小川さんのように文学部のインド哲学仏教学専修課程（略称「印哲」）への進学を考えて受講する学生も毎年一定数いました。

もっとも、そのどちらでもない理由で受講する学生もときどきいて、あるとき工学部進学を希望するマレーシアからの留学生がいました。「どうしてこの科目をとったの？将来は何になりたいの？」と質問したら、「お金持ちになりたいです。でも、ここも大切ですから」と言いながら、自分の胸元に手を当てました。心が大切だからと思って、この授業に出てくる学生もいたのです。何年も経って、その留学生から感謝の気持ちがこもったメールをもらいました。希望どおり、アメリカの有名な証券会社に就職できたとのことでした。

二年生でサンスクリットの初等文法を学んだ小川さんは、三年生から本格的に印哲の勉強をはじめました。ちなみに「印哲」は印度哲学の略称ですが、漢字の「印度」を使った「印度哲学」には、ブッダ以前に成立し、その後もさまざまな展開を遂げて現在に至るインド固有の哲学や宗教思想を含みますが、何といっても仏教が教育・研究の中心です。しかも仏教といっても、インドで生まれ、インドで発展した「インド仏教」ばかりでなく、中国仏教や日本仏教など、「印度」以外の地で育まれた仏教も「印度哲学」には含まれていました。

さすがにこれではまずいだろうというので、「F教授」（本書二一六〜二二四ページに登場）が研究室主任だったときに、研究室の名称が「印度哲学」から「インド哲学仏教学」に変更になりました。私が東大文学部の助教授に就任して二年後の一九九四年のことで、このときからカタカナ表記にはじまる「インド哲学」は、インドに成立し、発展した哲学・宗教思想を意味する言葉として一般的になっていきました。小川さんが進学してきたころには、このカタカナのインド哲学という呼称は、かなり定着しつつあったと思います。しかし、それでもなお研究室の略称は印哲のままで、研究と教育の基本的枠組みとしては「インド哲学仏教学」という一体性を継承して、現在に至っています。

少し脱線してしまいました。本題に戻ります。小川さんは文学部卒業までの二年間で、インド固有の哲学のテキスト——つまり、インド仏教を含まない狭い意味での「インド哲学」の文献——を、サンスクリット原典でしっかり読みたいという強い希望があることを、早い時期に小川さん自身から聞いていました。サンスクリット語初等文法を教えに週に一回、駒場キャンパスに出講していた折に、授業が終わってから小川さんとよく喫茶店で話をする機会があったので（二〇四～二〇八ページ）、そのときだったか、あるいは小川さんが印哲に進学してから聞いたのかはよく覚えていませんが、それを聞いて私は内心、大丈夫だろうかと一抹の不安を覚えました。

《私は「哲学」を勉強したいのではなく、「哲学」がしたいのである。

私が知りたい、学びたいと思っているのは、私は今何をしたらよいのか、あのとき何をすればよかったのか、これから何をしてどう生きていけばいいのか、ということ

である。》（一四五ページ）
《私の興味は、もっとずっと古い時代、……インドの仏教や、それを生んだインド古代思想のほうにあった。そこには、私の「生き方」のヒントになることがたくさんありそうだった。》（一四六ページ）

言いまわしは異なっていたかもしれませんが、私に話してくれた印哲志望の動機も、このような内容でした。では、どうして私が不安を覚えたのかといえば、「哲学する」前に乗り越えなければならないサンスクリットという高い壁があり、小川さんがはたしてその壁を乗り越えるための努力を続けることに耐えられるだろうか、私は哲学するために印哲にきたのだ、語学を学ぶためではないという思いが募ってしまい、せっかく尊い求道の志を胸に秘めて印哲に進学してきたのに、その求道心がかえって空回りしてしまうのではないかしら、という不安でした。

しかし結果的にはまったくの杞憂でした。それどころか、サンスクリットで書かれたインド哲学原典を講読する週一回の演習授業に、毎回、目を輝かせて出席し、いかにも充実したときを過ごしたあとのさわやかな空気感を残して立ち去る小川さんの姿は、卒業するまでの二年間、ずっと変わることがなかったように思います。

「私は学習ノートの作り方までC教授に指導してもらった。東大教授にそこまで手とり足とり教えてもらった学生はそうはいないだろうと、それが私の自慢の種である」（一四八～一四九ページ）とありますが、たしかに小川さんには最初の段階で、C教授、つまり私がノートの作り方から教えた覚えがあります。

デーヴァナーガリー文字のローマ字表記で一行、その後、空白一行、その後、単語単位に分けて書く（インド文字表記の段階ではherunsveryfastという具合に単語と単語が連書されていることが多いので、それをhe runs very fastと分かち書きする）、そしてまた空白一行、これが第一段階で、その後に文法的な分析結果を書く数行が続き、最後に、なるべく逐語的な和訳で、しかも日本語としても意味の通る訳文を書く、原文一行程度につき大学ノート一ページを費やす、ノートは無駄なスペースを惜しむな、などという具合です。各所に「空白一行」を置くのは、もちろん、訂正して正しい答えを赤字で入れていく可能性があるからです。できればノートの右側のページは、授業その他で新たに学んだ情報を書くスペースに充てるといいですよ、とも助言したかもしれません。

サンスクリットの文法はじつに複雑ではありますが、逆にいえば文法的、構文的な分析を正確に行なえば、かなり論理的、機械的に文の意味を絞りこめる要素があります。しかしそのためには初歩的な段階で、シンプルで画一的な解読分析方法に慣れ親しみ徹底させるための「仕込み」が必要です。小川さんは、ご自身が必ずしも利発なほうではないという自覚をしっかりもっていたことが幸いしたのだと思います。素直にこの仕込みを受け入れ、二年間ずっとその手順でノートを作成しつづけたのです。

印哲を卒業するには卒業論文を書くか、特別演習を受けなければなりません。特別演習はあらかじめ指定されているインド哲学ないし仏教の基本文献を三つ選び、原典のまま主として自学自習して、最後にレポートを提出するか、試験を受けて合格点をもらえば、合計で十二単位が取得できるというシステムです。

小川さんは、インド哲学のサンスクリット原典をできるだけ多く読めるようになりたいという希望から、卒論ではなく特別演習を選び、しかも三つのうち二つはサンスクリット原典を読むという選択をしました。一つはインド哲学作品（『ウパデーシャ・サーハスリー（千の教説）』散文篇）で、もう一つはヒンドゥー教のバイブルに相当する宗教哲学詩『バガヴァッド・ギーター』でした。

そして、この二つのテキストを解読する際にも、同様の方法でノートを作成しつづけた結果、なんと「勉強ノートの見開きの数が二四三四にもなった」（二四八ページ）というのです。しかもそれは、郵便配達員としてしっかりと働きながら（八六ページ）、寸暇を惜しんで勉強を続けた成果の一端にすぎないわけですから、これぞまさに仕事と勉強の二刀流で、初志を貫いた小川さんの努力と熱意には、ひたすら頭が下がる思いです。

なお特別演習の試験についての小川さんの失敗談が、二四九～二五二ページに書かれています。この二つのサンスクリット原典を自学自習で解読するだけでも大変な作業なのに、その翻訳テストに臨むために復習して覚える作業も、とてつもなく大変なわけです。結果的に小川さんは『ウパデーシャ・サーハスリー』のほうは、ほぼ完璧な解答で「優」だったのに対して、『バガヴァッド・ギーター』のほうは十分に復習する時間的余裕がもてず、六割強の出来ばえで「良」の成績だったのです。

成績をつけるときに、多少、私もためらうところがありました。小川さんの場合、圧倒的に時間が足りないというハンデを背負っていることは重々承知していました。それでも、ここで生半可な手心を加えることは、かえって失礼だと思い、点数どおりの成績をつけました。このたび本書を読み直してみて、手心を加えなくてよかったと改めて思いました。

東大に入学して卒業するまでの四年間、小川さんが仕事と勉学の二刀流を貫くことができた陰には、郵便局で一緒に働く同僚の人々や上司の方たちの温かい理解と協力があった経緯は、本書第1章からもうかがわれます。しかし、読んでいて何とも切ない思いを禁じえなかったのは、「第4章　本郷」の中の「夏の夜の出来事――家族との時間」（二四三～二四八ページ）です。

《東大に通っていた四年間、私は妻と息子たちと一緒に泊まりがけの旅行に行ったことは一度もない。……

この間、毎年旅行に連れていってくれたのは、妻の両親だった。》（二四三ページ）

とりわけ四年生としての夏休みは、特別演習で選んだ二つのサンスクリット原典の解読作業で、毎日、大変だったに違いありません。その夏休みも「私は連休はとらず、妻と息子たちは妻の両親と二泊三日の旅行に行き、私は昼は仕事、夜は留守番だった」。そして三人が帰ってくる日の夜、天候が急変して、激しい雨が降りだした。「妻から電話が入り、……両親と一緒に新宿まできてそこで別れ、これから帰るが傘がない、と言う。新宿からは山手線で目白までわずか七、八分」なので、小川さんは傘立てから四本とりだし、自分の傘をさしながら三本を抱えて、自宅から目白駅まで、「豪雨、雷鳴、稲光、風」の中を小走りで急いだため、全身びしょ濡れになったが、駅に着くころには雨は突然やんでしまった。家族と駅前で出会うと、四本の傘をもってびしょ濡れの小川さんの姿を見て、

《「どうしたの?」

傘のない三人が全然濡れず、傘を四つももっている私が全身びしょ濡れだったからである。

「傘をもってきた」

「あらら」

三人にバカにされて、私はおみやげの大きな荷物をもたされ、傘を四つ抱え、すごいハンデを背負った競走馬のようになってしまった。》（二四五ページ）

この後、家族三人と一緒に自宅に帰るまでのひとときの描写も、何ともいえない哀愁が漂っています。もし仮に、この文章を読んでから特別演習の成績をつける羽目になっていたら、さすがに「良」はつけられなかったかもしれません。

私が東大助教授に就任してから三年目くらいから、印哲研究室の有志を集めて野球チームを結成するようになりました。小川さんも一度だけ、チーム「インテツ」の練習に参加したことがありました（二三二〜二三四ページ）。小川さんがもし時間的な余裕があれば、「インテツ」のレギュラーになっておおいに活躍したことでしょう。

なお小川さんは、私の投球練習を見て「カーブの曲がり方がすごいのである」とレポートしていますが、じつは私は元は速球派で、カーブは見せ球でしたが、文京区の大会に「インテツ」のエースとして活躍していたころ、肘を痛めてしまって、速球が投げられなくなってしまいました。そこで急遽カーブを投げざるを得なくなり、もはや速球で空振りをとるなどという傲《おご》りは捨てて、一球一球、打者との駆け引きをよく考えながら、カーブを織り交ぜて、投げるコースや高低とスピードの変化をつけて投げてみたら、その試合は何と生まれてはじめての完全試合になりました。以来、どちらかといえばカーブを勝負球にする技巧派に変身したのでしたが、奇しくもみずからへの傲り（「我慢」の元来の意味）を戒める仏教の教えを、野球道の中で学んだしだいです。

また脱線してしまいました。いずれにせよ、自分に素直で、いつも全力投球の気概を大切にする小川さんの生き方には、心から親近感を覚えます。

作家の五木寛之さんは、人は「ただ生きていく、それだけで素晴らしい」と語っていますが、小川さんのこの奮闘記を読むと、人は「ただ学んでいく、それだけで素晴らしい」という思いが湧き上がります。

私が印哲の勉強をはじめて、まだそれほど年月が経っていないころ、インド哲学の原典のただ字面の意味を読みとるだけでも難渋していて、行き詰まっていたときに、当時、研究室の助手だった方に、「この学問、いったい何のためにあるんでしょう」とふと口走ってしまったことがありました。そのとき、助手の方は優しい声音で「丸井君、そんなふうに考えちゃあダメだよー」と一言だけ返してくださいました。そしてその後、美味しいものを御馳走してくださいました。具体的には何の答えにもなっていないのですが、忘れがたい言葉です。

今は、各大学が存在意義を公に訴え、各学部、各学科は、どのような教育目的をもって、どのような授業を行なうのか、逐一、具体的に明示しなければならない時代となりました。そのような方向を推し進める文部科学省の役人の方に、「そんなふうに考えちゃあダメだよー。何であれ、学問を真摯に学ぶ、ただそれだけで人は尊いのです」と話してみたらどうなるかしら?

その学問を勉強すると、どんなアウトプットが得られるのか。たしかにこの問いは、学問の意味をある角度から明らかにするのに有効かもしれません。でも、学びのプロセスそのものの実存的な意味は、そのプロセスの現場に身を置き、一つひとつの学びをしっかりと実践する積み重ねを経なければ体得できないでしょう。このようなプロセスとしての学びは、生きることの一部にもなっているはずです。小川さんのこの奮闘記は、どのページを開いても、一生懸命学び、一生懸命生きようとする人間の愛おしさが、心に染み渡ります。

最後に、この「解説」の機会を与えて下さった小川さんと、草思社編集部の碇高明さんに感謝申し上げます。

令和四年十月満月の夜

丸井　浩
（東京大学名誉教授）

＊本書は、二〇一八年の第三回「草思社・文芸社W出版賞」金賞受賞作で、二〇一九年に当社より単行本として刊行した著作を文庫化したものです。

草思社文庫

41歳の東大生

2022年12月 8 日　第 1 刷発行
2023年 2 月24日　第 2 刷発行

著　者　小川和人
発行者　藤田 博
発行所　株式会社 草思社
〒160-0022　東京都新宿区新宿1-10-1
電話　03(4580)7680(編集)
　　　03(4580)7676(営業)
　　　http://www.soshisha.com/

本文組版　有限会社 一企画
本文印刷　株式会社 三陽社
付物印刷　株式会社 暁印刷
製本所　加藤製本 株式会社
本体表紙デザイン　間村俊一

ISBN978-4-7942-2620-4　Printed in Japan

草思社文庫既刊

柳川範之
東大教授が教える
独学勉強法

いきなり勉強してはいけない。まずは、正しい「学び方」を身につけてから。高校へ行かず、通信制大学から東大教授になった著者が、自らの体験に基づき、本当に必要な学び方を体系的にレクチャーする。

柳川範之
東大教授が教える
知的に考える練習

まず頭の中に「考える土台」をつくり、考える「クセ」をつけること。独学で東大教授への道を切り拓いた著者が、情報の収集・整理の仕方から豊かな発想の生み出し方まで、「思考」の全プロセスを伝授！

齋藤 孝
世界の見方が変わる50の概念

「パノプティコン」「ブリコラージュ」「身体知」「ノマド」など、著者が自分でもよく使う哲学用語、専門用語、いわゆる「概念」を分かりやすく解説、人生や社会の中でどう生かすかを教えてくれる。